いま
　この星はね

　　花いっぱい
　　　ゆめいっぱい
　　　　愛いっぱいになるの

　　　どうか　お願い
　　　　誓いを忘れないで

　　　　舞い降りてきた　あの日

　　　　あなたのてのひらには
　　　　ちいさなひかりのたね

　　　　平和への鍵
　　　　　天との約束
　　　　　　この花を咲かせること

ちいさな春の野原から
　ひかりのたね　しあわせをはこんで

　　　たいせつなあなたのもとへ

そとは雨
ひとりふわふわと迷いこんできた
たんぽぽの綿毛さん

ようこそ　ラ・プリマヴェーラへ
どこまでとんでゆくの？

てのひらで
ちいさなたねは
きらきらしてる

すこしだけ
ここで待っていてね
もうすぐ
すてきな風がむかえにくるはず

いつまでも　どこまでも
あなたのゆめ　咲きつづけますように

ちっちゃな頃から
たんぽぽがだいすきだった

まぁるくて
ふわふわと愛らしく

みどりいっぱいの春の野原を
おひさまみたいに
きらきらと彩っていたから

ここは愛の星

あの日
きれいなひかりにつつまれて
あなたもわたしも
この星に舞い降りてきたね

ここへ来ることを待ち望んでいたんだ
ずっと

終わらないゆめのつづきをみるために
ほんとうの自分をみつけるために
ひかりのお花を咲かせるために

この星がとてもすき

こうして
あなたと出逢えて　とてもうれしい

ありがとうがいっぱいだね

この星のどこにいても　なにをしていても
ゆたかなひかりを　めぐみをおくられ
愛されて　守られて
いのちをつないでいるわたしたち

しあわせだね

この星のうえで
あなたといっしょに
ゆめをみて

ひかりのお花を咲かせたい
ほんとうの愛をあらわしてゆきたい
美しいこころを育んでゆきたい

涙でいっぱいのあのひとへ
きらきらをとどけたい

あふれでる想いが
いのちをはこんでゆくね

いつか
わたしたちは
ここをはなれてゆきます
あなたのたいせつなひとたちも
みんな　みんな

つぎに訪れる一瞬を
選びつづけてゆくものは
想い

ちいさな
ちいさなたねだけど

ちいさな
ちいさなたねだから

かろやかに　どこまでも
すべてをこえて
とんでゆけるにちがいない

あなたのお花が咲きますように
あなたの笑顔が咲きますように

ゆうきいろのかぜにのせ
ちいさな
ちいさなひかりのたねを
あなたのこころの野原へと

あのたんぽぽのように

ゆめみるバレリーナだったあの日　わたしは耳を疑いました

　　　「　治る見込みはありません
　　　　職業としていくのは無理でしょう　」

整形外科のお医者さまは　淡々としかも冷酷に診断の結果を告げられました

右足の指の関節に骨の変形と異常がみられ　つよく激しい痛みがはしり
ただ歩くことすらままなりません
５歳よりはじめたバレエのレッスンで　過度にかかり続けた負担のためとおもわれる
このからだの悲鳴を　わたしはそうなるまで気づけずにきてしまっていたのです

だいすきなおどることを　どうしてあきらめなければならないのか
すぐに理解などできるはずもなく　次の瞬間には
どうすれば　また　何の問題もなくおどることができるのかしら　と
それだけを真剣に考えはじめていました
なぜ　そんなことがおこってしまったのか？
わたしは　わたしのからだを頭のさきから　足のさきまでみつめ　問いかけました
すると　壊れてしまった足だけではなく　どこもかしこも
いつ悲鳴をあげても　おかしくないとおもわれるほどに
苦しさをあらわしていました

からだすべてをこころにして　空を舞うゆめをみながらも
その想いとは逆に　ながい時間をかけ　知らず知らずのうちに
ゆめを壊してしまう方向へと　みずから進んできてしまっていたのです
おおきく手を振って歩いてきた道に　華やかに咲いているようにみえていた
それは　わたしがゆめにみ　想いえがいていたお花ではありませんでした

ひきかえすにも　やりなおすにも　あまりにとおくまで来すぎてしまっていることに
すべてを失ったかのようにおもえた　そのとき
わたしのなかでずっと待っていた　ひかりのたねが
ちいさなちいさな芽をだしました

ゆめみていた　ほんとうのお花

トゥシューズがなくっても　つまさきでおどれるほどに　元気になったこの足とともに
毎日休むことなく　朝から夜まで　おどることをゆるされているいま
身もこころも裂かれるかのようにおもわれた　いくつもの信じがたいできごと
ねじれゆがみ　調和を失い　はなれていったこころとからだ
あの深いかなしみさえも
ひとつひとつが　天からの贈りものだったことに感謝しています

すべてが花になるための

春は　いつも　あたらしいゆめをはこんできます
あたたかな　おひさまのひかりにつつまれ
なにもかもが　きらきらと　可能性を秘めて芽ばえます
花々も　ちいさなつぼみを　ゆめいっぱいにふくらませます
すみれはすみれ　たんぽぽはたんぽぽ　ちゅうりっぷはちゅうりっぷ
どの花も　みな　それぞれにかわいらしく　美しく　愛すべき存在です
そんな　花いっぱいの野原になることを　心から願い信じて
ちいさなひとつぶのゆめをまきます
ラ・プリマヴェーラ　春
おどることを　生きることを愛するみなさまとともに

ゆめのたねをここに
あの日から14年

この星で　たったひとりのあなたとわたしが
愛しあい　信じあい　ゆるしあい
みんなのいのち　みんなのゆめを　たいせつに育みあう
ひかりあふれる春の野原になれたなら―――

♡ La Primavera （ラ・プリマヴェーラ） ♡ は
ちいさなわたしのおおきなゆめ
おともだちがおともだちを　たくさんのすてきな出逢いをいただき
ゆめみる野原は　きょうも想いをかさねています

クラシックバレエのクラスと
こころとからだのリラクゼーションのストレッチクラス
♡ Lullaby （ララバイ） ♡ を　あわせて週に30クラス

　　　♡　チューリップ　　　　　　　　　　　♡　オリーヴ

　　　　　　　　　♡　クローヴァー

　　　　　　♡　ヴィオラ　　　　　　♡　アネモネ

♡　ローズ　　　　　　　♡　ミモレ　　　　　　　♡　ミモザ

3歳のちいさなおともだちから　80代のおおきなおともだち
男性も女性も　みんなみんな　うれしくお迎えしています
偶然　不思議　奇跡————　ちいさなひとつのきらきらが
つぎのきらきらにつながって　つながって　わたしたちは　いまここにいます

生きている　ってすてきなことだね

ここ札幌に移り住むことさえ　想像することのなかった　ある夏の日
ことりのうたう　美しいみどりの森につつまれた神宮を
母とふたり参拝し　この円山周辺を楽しく散策したときのこと

　　　　こんなところに　バレエスタジオがあったらいいね

なにげなく　ふと　わたしのなかからこぼれた言葉のひとひらが
数年後　こうして現実になるとはおもいもよらないことでした
わたしの尊敬する女性である知人が　マンションを建てるのでと声をかけ
おはからいくださり　周りの方々のあたたかなお心と　家族の協力のもと
お借りすることになったこの空間は　天からお預けいただいたもの
ありのままの自分を咲かせ　おどってゆくことのできる場所を
探し求めていたわたしにとっての　かけがえのない空間となりました

　　　うすもも色の花を枝いっぱいにひろげて　風にゆれるアンズの木
　　　　空からも　光といっしょに　花のあまいにおいがこぼれおちてくるアンズ林

涙でいっぱいになってしまう
だいすきな　立原　えりかさんのメルヘン　『　アンズ林のどろぼう　』

あのアンズ林のように　この星のうえの優しくあたたかな場所
ほんとうの自分をおもいだす空間

在るべきところへと導き　指し示してくださった天の想いにかなうよう
もっとも美しい空間に磨きあげ　たかめあげてゆくことができますように

いちごのとびらをあけると
そこが　La　Primavera
窓いっぱいにひろがる　ちいさなお庭の美しい自然が
春には春の　冬には冬のきらきらを奏で　ようこそ　♡　と両手をひろげてくれています

『　万華鏡のようですね　』
そんなふうにたとえられるこの空間は　のこり三面がすべて鏡
ラ・プリマヴェーラの外に自然がある　というよりは
自然のなかにラ・プリマヴェーラがある　のです

わたしたちは　いま　この星に在り
だれもが空間を与えていただき　そこに存在することをゆるされています
けれど　本来　だれのものでもない空間を分け隔て　線をひき　枠組みをし
奪いあい　たいせつなことを忘れてしまうのは　とてもかなしいこと

わたしたちは　みんな
宇宙というひとつの無限なる空間の
地球というひとつの限りある空間に
ほんの一瞬　生きるということをいただいているのです

　　　地球を舞台に
　　　宇宙サイズでおどろうね

わたしはいつも呼びかけます
ひとりでおどるにも足りないぐらいのちいさな野原も
そこを使うひとの想いで　はかりしれないほどのひろがりをみせてくれるのです

ちいさな空間のかがみに映る　おおきな自分だけをみつめておどるとき
そこにはちいさな世界しかありません
おおきな空間に存在する　ちいさな自分を感じておどるとき
世界はおおきくひろがってゆきます
ちいさな空間だから　ちいさなおどりしかできない
ちいさなからだだから　ちいさなおどりしかできない
もしも　そうおもうのであれば
それは　ちいさなお部屋に鍵をかけて閉じこもっているのとおなじこと
鍵をあけて　こころをのびのびと解放してあげるだけでいいのです

わたしは空間のもつ　かぎりない可能性を想います

なにもない箱のようなお部屋に　いちりんのお花をかざります
すると　そのお花のもつ　きよらかな美しいきらきらがお部屋をみたし
そこは　ここちよい空間にかわってゆきます
お部屋がいっぱいになると　お部屋のそとにも
きらきらはひろがってゆくことでしょう

おなじように　なにもない箱のようなお部屋に
ひとりのひとが入ったとしたら————
やがて　そのひとのもつ想いが　お部屋をみたしてゆくことでしょう

優しい想いがひろがれば　そこは優しい空間になります
かなしい想いであればどうでしょう

一枚のキャンバスにこめられた画家の想いが
そのお部屋を　あたたかくしてくれることもあれば
奏でられる音楽にこめられた　作曲者や奏者の想いが
そのお部屋を　やすらぎにみちたものにしてくれることもあります
自然のなかで過ごすことを　わたしたちひとが望むのは
そこが美しく　ここちよい空間であるからにちがいありません

ひとりのバレリーナが舞台にあらわれます
彼女の美しい想いが　客席すべてをつつみこむほどに
どこまでもかぎりなくひろがってゆくことができたとしたなら————
舞台と客席のあいだにある壁はとりのぞかれ
そこはひとつの美しい空間になることができます

みえない方がいらしても　きこえない方がいらしても
みえる　きこえる　感じられる　こころに　たましいに響きとどいてゆくおどり
想いはかぎりなくふくらみます

もしも　ラ・プリマヴェーラという空間を　きらきらでいっぱいにすることができたなら
きらきらは通りにもひろがってゆくはず

街がきらきらでいっぱいになることができたなら
それは国中にひろがってゆくにちがいない

国中がみたされてゆけば　世界中　そしてこの星いっぱいに
やがては　はてしない宇宙空間へときらきらはひろがってゆくことでしょう

みんなのなかから生まれてくるきらきらが　まぁるくまぁるくひろがって伝わってゆく
わたしはここラ・プリマヴェーラで　そんなゆめをみています

通りに面したおおきな玄関をはいると　すぐに
まるでお雛さまの雛壇のように
２階へと続くひろくおおきな階段がありました
階段をつくっている木とおひさまのひかりがあったかぁく
ここちよい空間をつくりだしてくれていて
そこにちょこんとすわっているのがお気に入りだったことを覚えています

わたしが小学３年生のとき
祖母はお空に戻ってしまったけれど
おばあちゃんの『　明美館　』は　とてもすきな場所でした

母方の祖母は旅館を営んでいました
祖父は海軍の兵士として　生まれてまもない母に
『　南海子（なみこ）　』という名まえを遺し　南の海で意志を遂げました

その後　祖母はひとりで旅館をはじめ　母たちを育てながら
たくさんの方々をお迎えしていたのです

いつもたやすことなく　やさしい笑みをうかべているおばあちゃんは
言葉すくなく　もくもくと　お人のためにいのちを尽くしていた

おばあちゃんは　『　ハル　』という名まえだったのに
♡　La Primavera　春　♡　と名づけたとき
それが　おばあちゃんとおなじ名まえだということには
なぜかまったく気づいていませんでした

わたしは　無意識のなかに　こころのふかぁいどこかで
おばあちゃんのこころざしを受け継ぎたかったのかもしれません
出逢うことのできたみなさんの
ほんの一瞬でも　ほっとこころやすらぐ春のような空気　ひかりになりたいと
こころのどこかで　想いつづけてきたのかもしれません　きっと　そう

おばあちゃんが　ここにいてくれたら
ひとりで大奮闘している　ちっちゃなわたしに
どんな言葉をかけてくれるかしら？
やっぱり　しずかにほほえんでくれるだけかしら？

おばあちゃんは　しあわせだったのかしら？

だいすきなおばあちゃんと
もっと　こころつないでみたかったな

きみのその笑顔が
　　　　たくさんのなみだから
　　　　　うまれているのをしっているよ

　　　　はかりしれない
　　　　　痛さや苦しさから
　　　　　　きみが咲かせる花のような笑顔

　　　　　それこそが
　　　　　　僕のこころにあたたかくながれてくる
　　　　　　きみのひかり

春がめぐりくるたびに　いえ
ラ・プリマヴェーラとともに　おばあちゃんの愛を想います

わたしもお人のために　いのちをかけて　咲き尽くしたい
おばあちゃんが咲かせた　あのお花のように
散ることも辞さずして
この国を　わたしたちをまもろうと咲き誇った
おじいちゃん　そして　おおくの美しい花のようなひとたちのためにも

ちいさな頃のわたしは
おばあちゃんの旅館組合の小旅行によくつれていってもらったそうです
おとなのなかにぽつんとひとり　あそぶでもなく　さわぐでもなく
じっとみんなのおはなしをきいていたそうです

　　　あのひとは　どうしてこわいお顔をしているのかな？
　　　あのひとは　どうして笑わないのかな？

どこにいっても
おとなのなかにちょこんとすわって　しずかにしているほうを選んでいたのは
そのおはなしをききながら（　もちろん意味はわかってはいないでしょうが　）
そこにいるひとたちの話す様子やその表情　声の響きから
場の空気　空間にながれているエネルギーのようなものを
無意識のうちに観察していたようにおもうのです

ひとの言葉　声の調子や態度　表情が
その空間をここちよいものにも　ひどくここちよくないものにもしてしまうことを
すこしずつ感じとっていたようにおもいます

あの春の野原のような　ここちよい空間がすきでした
うれしそうな　しあわせそうなひとをみるのが　とてもとてもすきでした

そうして　いつのまにか
おひさまみたいに　お花のように
そこが明るく美しい空間になってゆくのに　なにかお手伝いができたらと
こころから想うようになっていました

『　いつもにこにこしているね　』
それはわたしの願いでした

おでこがひろいこともあって『　太陽　』と呼ばれていたわたしは
児童会の会長や生徒会の活動をするようになり
朝早く学校に行き　学校内の廊下のごみをひろってまわったり
ゆきの日には　玄関でゆきをはらいながら
登校してくるちいさなおともだちのお世話をさせていただいたり　と

だれかのよろこびのために　わたしにできることはないかしらと
いつもいつも考えていました

学校に通っているあいだには　式典でのご挨拶　会議や催しものでの司会
アナウンス　弁論大会や主張コンクール　朗読コンテスト
たくさんの方達のまえでおはなしをさせていただく　という学びの機会も
ずいぶんいただくことができました

『　ありがとう　』と言うときも　『　ありがとう　』と書くときも
『　ありがとう　』とおどるときも　花のように言葉を　想いをこめて　愛をこめて

信じていました
言葉はひかり　かならずとどくことを
そしてそれは　わたしのこころの軸となってゆきました

わたしとバレエをつないでくれたのは母でした
わたしがおどりつづけてゆくことは
音楽やおどりがだいすきな母にとっても　ゆめであったのでしょう

　　　　「　これが最後の舞台になるかもしれないので　しっかりおどってね　」

続けてゆくことが困難な状況にあっても
母はわたしに　ゆめをみつづけさせてくれました
それはとてもしあわせなことでした

わたしのバレエのために　家族が犠牲になっているかもしれない————
そうおもうと　胸が痛みましたが
家族のあたたかな愛に支えられ　どこかでそれにあまえながら
おどることを　どうしても手放すことができませんでした

おどることをとても愛していました

　　　「　美しいこころでなければ　美しいおどりはできないとおもうの　」

母からそうきかされたわたしは
バレエのかみさまに　はずかしくないように生きよう
どうかいつまでもいつまでも　おどりつづけてゆくことができますように　と
どんなときも敬虔なきもちでおどることとむかいあうようになりました

　　　はだかは隠すことができるけれど　こころは隠すことができないんだね
　　　みんなみえちゃうの

ちいさなおともだちに伝える言葉は
いまも　わたしがわたし自身に言い聞かせていること

幼少よりバレエを学ぶことでいただいた　おおくのすてきな出逢い
おどりつづけてくるなかで育んできた
感謝のこころ　愛するこころ　信じるこころ　祈るこころ
そして　途中　予期せぬ足の故障により
おどることを失いかけた経験から得た　からだをいかしてゆく知恵
すべてがたいせつなたからものです

100人のおどり手がいれば　感じていること　おどることへの想い
そのおどり方も　生きる姿勢も100とおりでしょうが

わたしが想うバレエは
ゆめのように美しく　空を舞うおどりです

妖精のように
天使のように
花のように————

でもそれは　決して
ちいさなおともだちや女の子だけがするお遊びや習い事　というのではなく
おあたえいただいている　いのちやからだがもつすばらしい可能性と日々向かいあい
どこまでもひろげ　限界をこえてゆくことであり
かぎりない美を求め　魂に響きとどいてゆく創造

　　　　いのちを尽くして
　　　　　だれかのよろこびのために　だれかのしあわせのためにおどりたい

わたしにとっておどることは
ひととして　天と地をつなぎ　天からの愛のひかりをこの星いっぱいにひろげてゆくこと

それは　生きることそのもの

おどることがなによりもすき
おどることといっしょに生きてゆこう
努力すれば　きっとゆめはかなう

ちいさな頃のわたしには
かぎりなくどこまでも　ひかりかがやいている未来がみえていました

想いえがいてきたのは　だいすきなバレエをしあわせいっぱいに
いつまでも　どこまでもおどりつづけてゆくわたし
なのに　つくりつづけてきたのは
おどりつづけることを問われなければならないからだ

想うこととあらわれること
こころとからだ
ゆめと現実

かぎりなくひとつに近づいてゆくはずのふたつが
ひとつになるどころか　とおく　とおくかけ離れてしまっているという
認めたくはない事実がそこにはありました

おどりつづけることによって　おどることに耐えられないからだをつくりだし
おどることから離れてゆかざるをえなかった
たくさんのひとたちのことを思い出しました

おどるひとだけではなく　多くの方が訴えるからだの問題
腰の痛み　股関節の痛み　膝の痛み　足首の痛み―――さまざまな不調　そして悩み

からだの条件がよくなかった
おどることに向いていなかった
生まれつきだった
才能がなかった
運がわるかった
すこしぐらいどこかがおかしくなるのは当然のこと

納得せざるをえなかった現実
無理やりにつけられた理由

でもそれは　ほんとうにそうだったのだろうか？

治すことはできないと診断された足と　からだじゅうにあらわれていた問題は
おおくの気づきと学びをもたらしてくれました

重力というおおきな力が働いているこの星のうえで
わたしたちひとは　二本の脚で立っている　と言われていますが
それは　自分で自分のからだを支え　立ち　歩き　おどっている　というより　むしろ
地球のうえにどっしりとのっている　という表現のほうがふさわしいとおもわれました
体重計にのると体重が表示されるように　からだの重さは大地が負担してくれていますが
上半身の重さはだれが引き受けてくれているのかしら？

『　引き上げて　もっとひきあげて！』
ちいさな頃から　レッスンのなかではいつもきこえてきたその言葉に
からだをよりたかいところへと　一生懸命ひきあげているつもりではいたものの
実際には　ただ立っているときも　歩いているときも
跳躍をするときも　回転をするときも
トゥシューズを身につけ　つまさきで立ちおどっているときも　たえず
上半身の重さがずっしりと重たく　下半身へとかかり続けていたにちがいありません

かろやかに　音もなく
まるで妖精のように空を舞うことをゆめみ　身につけていたはずのトゥシューズ
けれど現実には　トゥシューズの先の硬く平らな部分にのっては安定を求め
あたかも天に近づき　空を舞っているような錯覚におちいっていたのです

クラシックバレエのレッスンは　本来

ちいさな積み木をひとつひとつ　丁寧にたいせつに天高くつんでゆくように
からだのすばらしさをひきだし　どこまでも発展させてゆくもの
適切なレッスンを日々重ねつづけてゆくことで　からだは　自然な調和を保ちながら
秘められている可能性をひろげ　美しい音楽を奏でるかのように
しなやかにゆたかに躍動してゆくにちがいありません
ですが　現実はかならずしもそうではなく　からだ全体の調和を重視せずに
外側からのかたちのみでおどりつづけてしまうことによって　中心や軸を失い
不必要な硬さを生みだしては　からだのもつ構造を歪め　空中には滞在できず
しなやかに躍動するというよりは　大地をたたきつけるように落ちては　膝を曲げ
床下にもぐりこんでしまうという重たい動きが　あたりまえに見受けられます

治る見込みはないと宣言された足の指の関節　その問題を抱えたままで
わたしがおどりつづけてゆくには　下半身への大きな負担となっている上半身の重さを
どうしてもいままでとは違う方法で支えることが必要でした

上半身のもつ可能性を最大限に引き出し
下半身にかかる負担をかぎりなくゼロに近づける

もしも　ボックスと言われる箱のようなトゥシューズの先の部分に　保護され
支えられなくても　つまさきで立ちおどることが特別ではなく　自然なことになれば
『　空を舞う　』というゆめのような現実を　ここにあらわすことができるかもしれない

トゥシューズを身につけずに　すべての動きを試みてみると　全神経をとぎすませ
からだに真なる軸があり　そのすみずみにまで　らせん状にまわりながら発展してゆく
エネルギーがながれてゆかなければ　おどることはもちろん　自分のからだを信頼し
つまさきに立つことも　おりることもなしえないことがわかります

それまでのわたしは　この星のうえの『　ものは落ちる　』という常識を
超えてゆくことなど考えたこともありませんでしたが
そのためにひとりではじめたレッスンは
おおくの時間を費やし　お稽古してきたはずのすべてを捨て
以前とはまったく異なる角度　視点から　からだとおどることをみつめなおすことであり
いままで知ることのなかった　知ろうともしていなかった
からだの　いのちのすばらしさに日々出逢い　発見し　確信へとかえてゆくことでした

足の指の関節に異常と変形があらわれたのは
バレエのレッスンではもちろんのこと
日常生活のなかでもそうなることが当然　とおもわれるような状態で　しかも
それを良しとして　好きなように使っては　酷使しつづけてきた結果でしたが
それはけっして不幸なできごとではありませんでした

それまでになしえようとしていたすべてのことが
いかにからだにとって不自然で　不都合であったかを知りました

わたしたちのからだには　206個の骨と639の筋肉があるといわれています
骨はそれ自体　みずから動くことはできません
骨を動かし　骨格を支えているのは筋肉です
その骨と骨のあいだが関節で　およそ100もあるといわれます
骨の位置や関節の状態を変えることができるのは　筋肉の状態です
みずからの意志で動かし　使うことのできる筋肉を随意筋といいます
筋肉が縮み　かたくなり　あるいはねじれ　歪んでくると
本来あるべきところにあった骨の位置や関節の状態もかわってゆきます
かなしいことに　からだのもつすばらしい可能性が閉ざされてゆくのです

ちいさなひとつひとつが　それぞれにたいせつな役割を担いながら
手と手をつないで　たすけあって　美しい調和を保ち
いのちを運んでゆくために　いきいきとはたらいてくれているはずのからだ

このいのちのどこからか生まれてくる想いが
100万キロメートルもあるという神経によって　からだのすみずみの細胞にとどけられ
一瞬にしてひとつの動きとなり　あらわれてゆく神秘

すでにあらわれているものは　過去につくりだしてきたもの
だからこそ　これからのからだにあらわれてくるものは
いま　これからの想いによって　必ず　かわってゆく

ひとがたのふくろに　水がはいって　そこに骨が浮かんでいる　という
イメージをもつことを教えてくださったのは
『　リンパマッサージ　』をとおして　からだのすばらしさを伝え
その方のもつ自然治癒力をひきだしてゆく治療を施してくださる
小野田　和明先生でした

　　　　「　よく　こんなからだでおどっているね　」

ひとがたのふくろに　セメントがはいって　そこに骨がうまっている
たぶん　これ以上はかたくならないだろうというぐらいに
からだの可能性を閉じていたわたしのからだを
先生ははじめ　そんなふうにおっしゃいました

レッスンをたくさんして　一生懸命に取り組んでゆけば　かならず
からだもおどりもよくなると信じてきました
腹筋をつよくするようにと　バレエの先生にアドヴァイスをいただき
毎日毎日　一生懸命欠かさずにしたことが　腹筋を硬くしてしまい
かえって使えなくさせてしまったり　よいとおもってしていたことが　そうではなかったり
柔らかくしよう　縮めないようにと　言葉ではわかっていましたが　あくまでも
知識としてのかたちや表面的なことであり　それでほんとうに変えてゆくことが
できるのかと問われれば　どうすればよいのかはわかっていませんでした

床で前後に脚を180度ひらいても　たかく跳躍をしても　たくさんの回転をしても
片足で立ったままバランスをながくとっているようでも
調和を乱したままのからだは常に　無理やりに不必要な力で動かすより方法はなく
ゆたかに躍動しているというよりは　頑張って　がんばって　不自然に
いのちを縮めているような状態だったにちがいありません

からだに対するまちがった常識は　先生とお会いして　診ていただくたびに
ひとつひとつ手放してゆくことになりました
先生にお会いできなければ　いまのように休むことなくおどりつづけ
年齢を重ねながらも　ゴールなき頂上を目指し
からだが日に日にかわってゆくよろこびにであうことなど　ありえなかったことでしょう

先生は朝から夜まで次々に
おひとりの患者さんに対して一時間のリンパマッサージを
ひとつも手を休めることなく　毎日施されていらっしゃいます
お人のからだに一時間二時間と一日中　来る日も来る日も
マッサージを続けることが　どれほどの想いとエネルギーを必要とし
またそれを硬さや疲労として　ご自分のからだに残さないためには
どんな使い方をしていらっしゃるのか————
治療をいただき　筋肉が弛むと　どんな方もからだがかるく感じられます
半ばあきらめかけていた方が快方に向かわれてゆくお姿をうれしく拝見いたします

先生の治療のおかげで　ありがたいことに
からだはこんなにかるくなれるのだという体験をいただいても　その後
いままでの硬さをつくりだしてきたからだの使い方を　おなじように続けたとしたら
数日後　からだはまた元の重たい状態に戻ってしまいます
先生の愛あふれる治療を無駄にしないためには
日常生活からすべて　もうこれ以上は硬さをつくりださないからだの使い方を
考え　実践してゆかなければなりません

からだは使い方によって　可能性をもっともっとひろげてゆくことができるのだという
お手本を　みずから示してくださっている先生の治療をいただいたものとして
感謝の想いをあらわすべく　わたし自身も　どこまでもかぎりなく
いのちのすばらしさを　からだのすばらしさをひきだしてゆきたい
そして　それをお伝えしてゆきたい

わたしたちがお預けいただいているからだは　本来すばらしいもの
たとえいま　どんな状況にあったとしても　それはみずからがつくりだしてきたもの
いつどんなときにもからだは　悪くなろうとではなく　良くなろうとしているのです
いまあるからだを　たいせつにいかしてあげながら　おどりつづけてゆく方法がある
傷めて　壊してしまったからだも　回復するチャンスがきっとある
不可能を可能にしてゆくことができるはず
ちいさなひかりがみえました

それよりもずっと前のことですが　学校を卒業し　朝から夜まで一日のほとんどを
お稽古場で過ごす生活がはじまってから　週に一度
バレリーナ　として絵のモデルをさせていただいている時期がありました

レオタードや衣裳　あるいは私服で　まわりをぐるりと囲まれて
同じポーズでじっとしています
15分描いていただき　5分から10分休んで　また15分
その繰り返しで　二時間から二時間半
デッサン会でのモデルをはじめたばかりのその頃は
終わると脚も腰も　からだじゅうがばりばりと音をたてそうなほど
硬くなっているのを感じました

おなじ姿勢で長い時間とまっていたのだから
からだが硬くなり　疲労するのはあたりまえ　そうおもい
そのときは　それ以上なにか　そのことについて考えることはありませんでした
足の指の関節に問題が生じ　からだのことを以前よりずっと考えるようになって
しばらく後に　わたしは知人の紹介で再び
絵のモデルをさせていただくようになりました

画家である　上野　仁奥（うえの　きみお）先生のアトリエで
過ごすことのできた時間は　わたしにとってたいせつなたからものとなりました

先生が描かれる一枚の絵　一本の線にふきこまれるいのち

　　　「　あかい花をね　あかく描かなくてもいいんだょ　」

描かれたバレリーナは　わたしであるけれどわたしではなく　先生のいのちの結晶
だからこそ　視線を向けられているときも　向けられていないときも
何分　何十分経とうとも　一瞬一瞬　わたしのいのちをあらわしていよう
そう　からだはこころを　いのちをあらわしているのです
先生が　描くことにいのちのすべてを尽くされていらっしゃるように
わたしも　せいいっぱいのいのちを尽くしていたい　こころからそうおもえたのです

それは以前のように　つらさや苦しさとたたかいながら　自分を律し
平静をよそおい　時間が経過してゆくのを待っていることではありませんでした
描いていただいていることに　ここにいま　いのちがあることに　からだがあることに
手や脚があることに　ありとあらゆることに　ありがとうの想いがあふれてくるのです
ゆめをみながら過ぎてゆく一秒一秒はとおいものでした
あらわれてくるものをみるのではなく　あらわしてゆきたいものをみつづけてゆく
からだがあらわしたものは　苦痛でも疲労でもなく　よろこびでした

卒寿も迎えられたという上野先生の瞳　そして
先生が描かれた絵には　いのちがあふれ　かがやきがあせることはありません

だいすきなお花のように
一定のおなじポーズでとまっているようにみえていても
停止しているのではなく　そこに愛があり　いのちがながれている

静のなかにある動をおもいます

おどることもまた　どんなに上手に動いているようでも
そこに躍動するいのちをみいだすことが困難なこともあります

わたしはちいさなおともだちにお願いします

　　　　上手になんておどらなくていいのよ
　　　　こころをこめて　愛をこめて　たいせつに
　　　　あなたのいのちをあらわしてね

からだすべてをこころにして
からだすべてを愛でいっぱいにして
ここに　あたらしいよろこびを創りだす
未来へと
いのちをこめた一瞬が　だれかの永遠になってゆく
芸術の真髄をおもいます

うまくなんて　生きなくていい
　うまくなんて　描かなくていい
　　うまくなんて　おどらなくていい

　　　ただきみが
　　　　こころから愛するものを
　　　　たいせつに
　　　　きみのなかから
　　　　生まれてくる
　　　　　真実をここにしるせばいい

　　　　　きみがきみらしく
　　　　　　きみであること
　　　　　　　それがすべて

ここラ・プリマヴェーラでは
レッスンのあとに　ちいさなビーズを手渡しています

　　　　ごほうびではなく　こころをこめて最後までおどったしるしょ

お母さんが恋しくなっても　おなかが痛くなっても　すこしくたびれちゃったとしても
きょうというかけがえのない時間を　おどることに使おうという選択をした
自分の想いを　最後までつらぬいてもらいたい　という気持ちをこめて
ひとりひとりに手渡します
ビーズがちいさな手からころがって　どこかへ見えなくなってしまおうものなら
大騒ぎになります
ビーズをたいせつにしてくれるのは　男の子もおなじです

　　　「　あともうひとつで100個になるょ　」

瞳をかがやかせて　うれしそうに報告してくれるおともだちをみていると
わたしもちいさな頃からあつめていたら　一体いくつぐらいになっているかしらと
おどり続けてきた日々におもいをめぐらせてしまいます

レッスンをはじめるときには　どんなにちいさくても　本人の意思を確認しています
ほんとうにおどりたいのか　おどろうとおもって　ここに来てくださったのか

　　　　おどりたいきもちは　これくらい？　それとも　このぐらい？

手やからだを使ってわたしがあらわす大きさに

　　　　「　もっと　もっとあるょ　このお部屋よりもっとたくさん！　」

かわいい声がとんできます

レッスンの途中でも　おどるこころのみえないおともだちには
そこでレッスンを終了してもらいます
泣きだしてしまうおともだちもいますが
中途半端なきもちでは　おどることはできないのだと伝えます

　　　からだはこころをあらわしているの
　　　わたしはからだをみているのではなく
　　　あなたのからだにあらわれている　こころをみているの
　　　どんなにたくさんのきらきらをもっていても
　　　おどるこころが足りないときには　美しくないおどりになってしまいます
　　　地球のうえに　美しくないおどりはいりますか？
　　　きょうは　ここまでにしましょうね
　　　それとも　あなたはおどりますか？

きらきらではなく　もしも　どろどろがでてしまったら
空間もよごれてしまうこと　いっしょにいるおともだちも困ってしまうこと
それから地球のうえでは　かなしいことがいっぱい起こっているので
きょう生まれてくるおともだちのためにも　先に生まれてきたわたしたち　ひとりひとり
みんなのきらきらがどうしても必要なのだということも付け加えます

おどることは空間を美しいものにしてゆくこと

　　　　みんなはどんなきらきらをもっているかな？

　　　　　「　優しいきらきら　」　　　　　　　　　「　たのしいきらきら　」

　　　　　　　　　「　元気なきらきら　」

　　　　　　　　　　　「　かわいいきらきら　」

　　　　　「　すてきなきらきら　」　　　　　　　　「　きれいなきらきら　」

明るい声が響きます

にんじんさんは　にんじんさんのきらきら
　　　とまとさんは　とまとさんのきらきらでしょ
　　　わたしたちひともね
　　　おなじきらきらをもっているひとは　ほかにはだれもいないの
　　　みんなのきらきらがだいすきよ

まだちいさいので話してもわからない　こどもなのだから————
そんなふうにおっしゃる方もいらっしゃいますが　わたしはそうはおもいません
ちいさいからこそ　ちゃんとわかるのです

きょうはバレエのお稽古の日だから
お母さんが行きなさい　と言ったから————
どんなにちいさくても　そんな理由でおどるのではなく
自分のいのちのお仕事として　みずからの意志で　きょうおどることを選び
また　いまというときを　かけがえのないいのちをたいせつにしてもらえたら　と
こころから願わずにはいられません

いろいろな才能を開花させてあげたい　経験がたいせつ
本人がしたいということはすべてさせてあげたい　と
ちいさなうちから　いくつもの習いごとをしているおともだちは少なくありません

お母さんの車での送迎があたりまえのようになっている最近では
学校が終わってすぐに他の習いごとへ　次はバレエのレッスンで
この後はまた別の習いごとへ

　　　　「　わたしは　習いごとを３つもしているょ　」

　　　　「　わたしは５つなの　だから
　　　　　　バレエはこの曜日しかこられないの　」

更衣室からはそんな会話もきこえてきます
いそがしくてストレッチをする時間はないと　おおきく胸を張るおともだちもいます

　　　　あなたはからだがどのくらいたいせつですか？
　　　　ストレッチはね　お顔を洗ったり　歯を磨いたり　お食事をするのとおなじこと
　　　　どんなにいそがしくても　からださんへのありがとうは忘れないでね　約束ょ

こころのみえない　表面的なかたちだけの模倣になることを望まないわたしは
きょうここで　美しいおどりをおどるために　また
だれかのこころに永遠に生き続けてゆくような一瞬をうみだしてゆくためには
おどるまえに　こころとからだの準備が必要なのだということを
どうしてもお伝えしなければなりません

遊園地でなら

　　　あれに乗りたい　次はこれ
　　　あれも楽しそう　今度は向こうの

　　　あぁ　楽しかった
　　　また　来たいな
　　　　　　　　　　それでいいのだとおもいます

けれど　習うということになるとすこしちがってきます
いまここに生かされている　といういのちの意味を感じ
いただいている自分のいのちを　こころとからだを　どう使ってゆけばよいのかを
しっかりと考える時間にしてゆくことができればとおもいます

ご父母のみなさんのお気持ちもわかりますし
本人のあれもしたい　これもしてみたいとの意志があることもよくわかります
テストがあるから　受験だからと　なにをどう選択するのかは　まったくの自由です

すてきな出逢いがあり　みんなのひかりのたねが　芽をだし　すくすくと大きくなり
どのおともだちをみても　ひととしてのこころを失わず　世界中でたったひとつの
美しいいのちをきらきらとかがやかせているのなら　なにもいうことはありません

けれど　たくさんのおともだちをお迎えしながら
わたしがいつも感じていることは
みんなのすばらしいいのちのかがやきを取り戻してあげたい　ということです

おどりには　隠すことができず　そのひとのいのちがあらわれます
からだには　想いが　こころがみえてきます

無表情　無反応　無気力　無関心のおともだち
まっすぐに立っていることや　すわっていることができないおともだち
つねにきょろきょろと目線が定まらず　目をあわせることができないおともだち
お顔やからだいっぱいに　不平や不満をあらわしているおともだち
気にいらないことがあると　泣き叫び　あばれだしてしまうおともだち
ひどく攻撃的な視線や態度　言葉を発するおともだち————

からだにあらわれているメッセージ
痛いほどに病んでいるこころのSOS

しっかりと受けとめ　みんなのいのちを抱きしめてあげたい

　　　あなたは　たいせつないのち　たいせつなひと
　　　この星に愛のひかりをはなつひと

バレエのお稽古は

慌ただしい日常の生活からはなれ

からだのすみずみにまで　神経をゆきわたらせ

五感を超える感覚をとぎすませ

こころとからだをひとつに

空間や音楽と融合し

いのちのもつ可能性を無限にひきだし

内に秘められている　真なるもの　善なるもの　美なるもの

ひととしての愛を　みずからの肉体にあらわしてゆく

とても神聖な時間です

ひとつひとつをたいせつに　愛をこめていのちをあらわし

投げださずに最後までやり遂げてゆくなかで育まれてゆく　優しさのたね　つよさのたね

たがいに学び愛　たかめ愛　磨き愛うことによって

みんなのなかで眠っているひかりのたねが

芽をだし　お花を咲かせてゆくことのできる　すばらしい機会なのです

おどることは　たくさんのよろこびを思い出させてくれます

大地がある　空気がある　ひかりがあるよろこび

こころがあって　からだがあって　いま　いのちがあるよろこび

おどっていると　ただ　ただ　ありがとうのこころでいっぱいになります

舞台にたつ　ということだけが目的ではありません
ゆたかないのちが創造されてゆくために　ほんとうに必要とおもわれる機会が
残念ながら奪われてしまうこともあるなかで
しあわせなことに　おどることと出逢い　ご両親やご家族の理解と協力のおかげで
お稽古を重ねることのできるおともだちには　おどることをとおして
いのちの奥に秘められているひととしての愛が　からだやお顔に言葉や行動にもあらわれ
ひかりかがやいてゆくことを想わずにはいられません

そんな想いからも　できるかぎり休みなく多くのクラスを用意している
ここラ・プリマヴェーラでは　年齢にかかわらず　月に２０回　３０回と
たくさんのクラスを選択し　お稽古をつんでゆくおともだちもいます
手のお指たった一本の先までに　優しさが　愛がみえてゆくようになるには
どれほどの想いと時間が必要でしょうか

一度のお稽古には　宝探しのように　たくさんのきらきらがかくされています
いくつものきらきらをみつけられるおともだちもいますが
ひとつもみつけられないままで終わってしまうおともだちもいます
また　おなじお稽古を受けていても　わたしがなげかけるこころのボールを受けとろう
受けとめようというこころを　からだいっぱいにあらわしてくれているおともだちは
みつけたきらきらを栄養に　ひかりのたねを成長させてゆくことができるのです
お稽古はこころのキャッチボール

『　学力　』という言葉がありますが

学ぶというちからは　ただ単に知識をふやすために

覚えることや記憶することのみではなく

そのひとのうちからあふれでてくるこころの在り方によって育まれてゆくもの

学校に行っても　塾に行っても

どんなに評判のよい習いごとの教室に行っても

あるいは留学をしても　学ぶちからを育むことができるかできないかは

そのおともだちのこころとからだの状態に大きく左右されるとおもわれます

氾濫(はんらん)する物や情報に惑わされ

こころの芯や軸がゆらぎやすい毎日のなかにあり

芽をだすチャンスを失い　かたくなってしまっているたくさんのたねも

いつかかならず　かわいい芽をだし　すばらしいいのちをあらわしてゆくことでしょう

その日がくることをこころから信じ　きょうもわたしはみんなを待っています

そんなビーズをひとつ　てのひらにのせ　ちいさなおともだちに問いかけます

　　　　ねぇ　このビーズさんは　手がなくなったらどうなるかな？

　　　　「　おちるょ　おちちゃうょ！　」

　　　　あのはなびらさんはどうかしら？

「　はなびらさんだって　おちるょ　」

　　そうだね　はなびらさんみたいにかるくてもおちちゃうんだね
　　はなびらさんとわたしたち　どっちがおもたいかな？

どうしてそんな質問をするのかとでもいうように
かわいいバレリーナたちは　くすくす笑います

　　でも　優しい風がふくと
　　はなびらさんはふわふわと　すてきにお空でおどるでしょ

「　ゆきもそうだょ　」

瞳をきらきらさせながら　ちいさなおともだちは言葉をつなげます

　　わたしたちも　はなびらになろう！
　　きれいなゆきでもいいよ
　　それとも妖精になろうか

　　そうすればいまよりは　ずっとかるくて　ふわふわだね
　　おっこちなくなっちゃうかも————

「　えぇっ　」

はなびらさんはかたい？　それともやわらかい？

「　やわらかい　ふんわりしてる　」

みんなはどう？　やわらかいかな？

「　やわらかいところもあるけれど　かたいところもいっぱいあるょ　」

うぅん　どうしてかたいのかな？
よし　かたくなろう！　っておもったの？

「　ちがうょ　おもっていない　」

おもわないのに　かたくなっちゃったんだね　どうしてだろうね
かたくしちゃったのはだぁれ？　おとうさん？　それともおかあさん？

「　自分！　」

そうだね
あかちゃんのときはどうだったのかな？
がちがちした　かたぁいあかちゃんだった？

おかあさんやおとうさんにきいてみてね
きっと　みんなみんなふわふわだったとおもうょ

「　そういえば　わたしのおとうとふわふわしてる
　　ねむっているときも　ハートの足をしているし．．．．．　」

そうでしょ
生まれたときから『　地球をハートでいっぱいにしよう！　』だね

みんなのかたくなっちゃったからださんは　どうしようか？
だれか治してくれるかな？

「　ストレッチやマッサージをいっぱいして　自分でふわふわにするんだよね　」

そうだね　『　からださんごめんね　ありがとう　』ってね

こんにちは♪
いちごのドアをあけて　ラ・プリマヴェーラにきてくださったおともだちは
更衣室でお着替えをし　出席表に自分のおなまえを書き記すと　なにも言わなくても
バレリーナのすわり方で　すてきに床に腰をおろし　ストレッチをはじめます
チューリップ（いちばんちいさなおともだちのクラス）のおともだちも
ひととおり伝えてある　いくつかのストレッチを自分で思い出しながら
レッスンがはじまるまで何度もくりかえして　おどるひとになる準備をしています
ちいさなこどもたちが　さわいだり　走りまわったり　おしゃべりをしたりせず
ストレッチをしている姿に　ご見学の方などは驚かれ　感動してくださることもあります

　　　　ねぇ　みんな　わたしたちの足の下にいるのはだぁれ？

　　　「　床さん！　」

　　　床さんはみどりの葉っぱをいっぱいに　すてきに枝をひろげていたさくらさん
　　　わたしたちのために　痛いのに切られて　床さんになってくれたんだね
　　　ありがとうだね　そのしたには　だれがいるのかな？

　　　「　大地さん　地球さんだょ　」

みんなでのせてもらっているね　うれしいね
その地球さんのむこうはどうかしら？

「　―――宇宙？」

よく知っているね
わたしたちは　おおきな　おおきな宇宙のなかの
地球のうえでおどらせていただいているんだね
どんなふうに立って　歩いたり　走ったり　おどったりしたらいいのかな？

「　たいせつに　優しくしてあげたい　どたどたしたら痛いよね　」

「　きらきらクリームをぬりながらおどります　」

それがいいね　ありがとうのこころで　きらきらをとどけようね

「　はぁい！　」

おどることのできるこころとからだを準備するために
ゆっくりと時間をかけてストレッチをしながら
ちいさな天使たちとわたしはこころのキャッチボールをつづけます

それは　とてもしあわせなひとときです

ラ・プリマヴェーラを訪れるちいさなおともだちは
ドアを開け閉めするときも　靴をぬぐときも　歩いているときも　すわるときも
立つときも　スイッチをおすときも　ご挨拶をするときも───
どんなときもからだには　こころをあらわしているのだということを
まだ　自覚してはいません

からだの動作のひとつひとつが　どんな想いからはじまっているのか
みんなのなかにある　優しさやあたたかさ　そして愛を
どんなふうに　このからだにあらわしてゆくことができるのか
わたしはいっしょに考える時間を　ここで持つことができればとおもいます

目をみてご挨拶ができなければ　何度でもやりなおしです
どたどたと音をたてて歩けば　もう一度戻って歩きなおしです
ドアをバタン！と閉めると　すぐにわたしの声がとんでゆきます

　　　　ドアさんがなかったら　困っちゃうね
　　　　だから『　ドアさんありがとう　』って　優しくしてあげようね

はじめのうち　それはすこし窮屈なことにちがいありません　ですが

目と目をあわせてご挨拶するとね
『　きょうも会えてよかったね　』とにっこりうれしい想いが伝わって
こころとこころをつなぐことができるのょ
それにね　目は見るためだけにふたつもついているのではなく
ライトのように美しいきらきらをおくることもできるの　すてきでしょ

　あなたの足と床さんがぶつかっている音と　おなじだけのおおきな音を
　あなたの手と床さんでだしてみたとしたら　どんなにどちらも痛いかしら？

そんなふうに　ひとつひとつの動作の意味を伝え　いっしょに考える時間をもつことで
みんなのからだや立居振舞(たちいふるまい)にすこしずつですが　変化がみえ
みんなの想いが　みんなの愛が　自然とあらわれるようになってきます
そしてそれは　彼ら彼女らのおどりにもちゃんとあらわれてくるのです

どんなに優しくあたたかいこころをもっていても
それがからだや動作にあらわれていなかったとしたら　とても残念なこと
ひとつなにかをするときに想いをこめること　たいせつにすること
みんながうれしくなってゆくこと
みんなの愛が　きらきらがひろがってゆくこと
このお部屋を　この街を　この国を　この星をいっしょに美しい空間にしてゆこうね
わたしからみんなへのお誘いです

ちいさな頃から　そんなふうにたいせつに使い　愛を育んだこころとからだは
大きくなっても　たとえおどることからはなれてしまったとしても
決して　他のひとや　みずからのこころとからだ　かけがえのないいのちを
傷つけることには使えないはず

お家や幼稚園　学校で　すきなように使っているからだの習慣を
あるいは　ずっとそうしてきたからだの癖を　変えるのも修正するのも
矯正するのも　やさしいことではないことは　わたしがいちばんよく知っています
ですが　いま現在のからだやからだにあらわれている不調和　問題をつくってきたのは
過去の生活習慣のつみかさねである　という現実は見過ごすことができません
そして　同時に　これからのからだは　きょう　いまの選択によって
変えてゆくことができる　ということをからだは教えてくれています

しあわせなことに　わたしはおどることをとおして
多くの方達の　さまざまなからだの状況に出会い
みてふれて　感じることのできる貴い機会をおあたえいただいています
どの方のからだも　わが身のようにおもえ　真剣に向かいあえばあうほどに
いまいちばんにするべきこと　必要だとおもえることは
ありがとうのこころで　ふわふわにゆるめてあげて　本来の自然な状態
調和あるすばらしい状態へと戻してあげることにほかなりません

からだは使い方によって　金にも　銀にも　銅にもなることができます
できるかぎり農薬や防腐剤は使用されず　愛がいっぱいにこめられたたべものさんを
みんなに食べてほしいとおもうのとおなじように
からだに安全で　優しい　愛をこめた使い方をしていただきたいという想いは
あふれてやむことがありません

おとなと言われるおおきくなったおともだちはもちろん
３歳や５歳のちいさなおともだちでさえも　みんなが筋肉のあちらこちらを硬くし
骨格をゆがめ　不調和をうみだしていることに　はじめは驚きました

おおきくひらいて前にとびだしている肋骨　外にはみだした大腿骨とそのあいだに
おちてしまった骨盤　つぶれてなくなっている土踏まずに　折れてねじれている足首

生まれて間もないあかちゃんは　ねかされている　だっこされている　おんぶされている
そのうちにすわることや　はいはいもできるようになり
やがてひとりで立つことや　歩くことができるようになります
それはとても自然なことです
ですが　その発育　成長過程において　不自然にしてきたこと
たとえば　はいはいしていたときや立ちはじめたときの腕や脚の使い方からはじまり
起きる　立ちあがる　すわる　歩く　持つ　押す　ひく　など　日常生活のなかでの
さまざまな動作のひとつひとつの筋肉の使い方が

知らないうちに習慣となり　現在のからだをつくりつづけてきたことが推測されます
自覚もないままに　だれのせいでもなく　自分自身によって

お箸やえんぴつの持ち方はだれもが習うことですが
立ち方　すわり方　歩き方などの所作はどうでしょうか？
歯ならびは矯正される方も多くいらっしゃるようですが　足の指一本いっぽんの状態
土踏まずや足首の状態　膝の向き　股関節の状態　骨盤の角度　大腿骨と骨盤の位置関係
腹筋と背筋のバランス　肋骨や肩甲骨の位置　肩関節や肘　手首の状態
首　頭蓋骨の位置　角度などはどうでしょう
筋肉の状態や　それに大きく左右される骨の位置
からだの軸や重心　全体のながれ　呼吸の深さや方法など
どれひとつとっても　さほど重要視はされていないようにおもえます
日常生活のなかだけではなく　ありとあらゆるスポーツ　さらにダンスやピアノ
ヴァイオリン等のお稽古での偏った筋肉の使い方によって　バランスを乱しながら
成長してゆくからだが　背骨の側わんなどの問題をうみだしていることは否定できません

本来そこにあるべき位置や　そうあるべき状態が
不自然であるがためにおこっているからだの不調や問題
そうしてお稽古でおともだちがおどっているときにみえてくる
いろいろな問題点も　日常生活のなかでのからだの使い方から変えてゆくことで
ずいぶん解決されてゆくこともあるようにおもうのです

慌ただしい毎日のなかで
あたりまえに　なにげなくしているからだの使い方が
ねじれや歪みをいっそう大きくし　さらに不調和を生みだし
知らず知らずのうちに　おもってもみない方向へとすすんでゆくことを
だれも望むはずはありません

からだには無限なる可能性があります
おどることも含め　生まれてからきょうまでの　ただ動いているだけに近い
慣れ親しんだひとつひとつの動作を　思い切って一度ぬぎすて
想いからこころからの　愛をこめた　みずからのいのちの表現として
あたらしくみつめなおすことができたら　とおもうのです

わたしたち人類の生活は　先人達の偉業により大きく変化を遂げてきました

毎日の生活のなかで　自分のからだを使わなければ成しえなかったことが
より使わなくてもすむようになり
わたしの祖父母の時代と比べても　日常生活に使う労力は
とても少なくなっていることにまちがいはありません
より簡単で　より便利にと　幸か不幸か　楽をさせていただいている分
このすばらしいからだが活躍する機会は減り
からだを使う能力も発揮されにくくなっていることも事実だと　わたしは感じています

柔軟さはもちろんのこと　俊敏さ　しなやかさ　優雅さ　力強さなど
からだにみえてくるものは少なく　からだをいかす知恵や工夫は忘れられ
からだの感覚が非常に鈍くなっているようにもおもえます
きこえても動けない
パソコンやゲーム　携帯電話などを使うことは非常に得意でも
からだ全部を使うことは苦手になっているのかもしれません
自分で自分のからだを支えることさえもままならず
こころとからだが　ばらばらになってしまっているおともだちも少なくはありません
おどっているときだけではなく
立っていても　座っていても　歩いても　走っても
いのちの躍動が感じられにくくなってしまっている姿に　いまするべきことをおもいます
すべてのひとが　受けるべき真の教育を　学ぶべきいのちを　育むべきからだへの愛を

長い時間立っていることも　歩いたり走ったりすることも　ほとんどなく
重たい荷物を持つこともあまりなく
寒いといえば　すぐにあたたかく　暑いといえば　すぐに涼しくと
こちらではなく環境のほうが親切に適応してくれ
自然治癒力を引き出すひまもなく　薬や病院のみに頼ることも多く
『　嫌だ　』といえば　我慢することもなく　すぐに放棄することが許されるなかで
育ってゆくいのちには　当然のこと　持久力も忍耐力も　適応力も養われにくく
からだのすばらしい可能性は閉じられたままになってしまうこともあるでしょう

大地に根を張る木々のように　風にゆれる植物のように　空を舞う鳥のように
嵐のなかも　吹雪のときも
しなやかに美しく　ちからづよく　そして優しく――――
自然はわたしたちのすばらしいお手本です

時代が変わり　どんなに生活が便利になり　機械やコンピューターがすべてを引き受け
からだを使う必要がなくなってしまったとしても　おどることは自分にしかできません
からだを使うことができるのは　唯一自分しかいないのです
いえ　使うためにこそ　このすばらしいからだはお与えいただいているのです
人命救助という　たいへんなお仕事を選び　その責任を担い
みんなのいのちを救うために　みずからのいのちの限界と向かいあい
日々過酷な訓練をかさねている方達がいらっしゃいます
おどることもまた　常識を超え　限界を超え　いのちのもつ可能性をひきだし
ここにあらわし　奇跡をおこしてゆくことにほかなりません

みずからのいのちを　からだを信じ
ひたすらに　黙々と　一途にかさねてゆくこと

自分以外のどなたかのために　なにかをさせていただけるよろこび
使って　使って　使わせていただいてこそ　知識ではなく
そのすばらしさを真に理解できるのだとおもいます

みんな生きている?　心臓さんは動いている?

「　はぁい!　」

ほら　髪の毛さんはちゃんとみんなのあたまを守ってくれているょ
お鼻の穴だって　ちゃんとふたつもあいているょ
もしも　みんなのあたまが　こんなに大きかったらどうしよう?

「　えぇっ　おもたくてあるけないょ　」

「　いつもいろんなところにぶつかっちゃうかも　」

みんなの笑顔がひろがります

腕や脚がこんなに長かったら?

「　すごくおかしいょ　」

「　ながすぎたら　ひきずっちゃうし　ストレッチをするのもたいへん!　」

「　おどっているうちに　からまっちゃう　」

そうだね　こんどはみんなの手をみてみてね
５本のお指の長さが　すこしずつちがっていてきれいでしょ
お指はどうして５本なのかな？
どれもおなじ長さだったり　８本ずつあったりしたらどうかしら？

「　きっと　困っちゃう　」

「　えんぴつもお箸も　じょうずにもてるかな？　」

うん　からだじゅうどこをみても　すばらしいね
ねっ　ちょうどよい大きさでしょ　長さでしょ
いちばんいいようになっているの　うれしいね

足りないものはなにかある？
なにもないね　ありがたいね

こんなにすばらしいからださんを　みんなみんなもっているのょ
このからださん　どこかで買ってきたひと？
生まれてきたときに　ちゃんといただいてきたんだね　しあわせだね
このからださんは　みんなといつもいつまでもいっしょ
このからださんとなにをしようか？

どんなことに使ってあげたいかな？　どんなふうに使ってあげようか？

みんながこころからしたいとおもうことに使ってあげてね
ここへきたときは　こころをこめておどろうね
愛をこめて　いのちを懸けておどろうね

そうして知らず知らずのうちに
かわいいびんやケースいっぱいにあつまった　ビーズのひとつひとつが
たいせつなたからものになってゆくことを願います
ちいさなビーズは　からだという器のなかにいっぱいの　ひかりのたねのよう
世界中どこを探してもおなじものはない　わたしだけ　僕だけのたからもの
ビーズがはいったおもいおもいの入れ物を　大事そうに持ち帰ってゆく
後ろ姿にわたしは祈ります

　　この道は　ひかりへとつづく道
　　あなたが選んで歩く道　あなたのお花を咲かせる道
　　たとえ　まっくらな闇がトンネルのように
　　どこまでも　いつまでも続くようにおもえるときにも
　　約束されている美しい未来を信じ　一歩　一歩
　　ちからづよく歩き続けてゆくことができますように

ふまれても　ふまれても　われは起きあがるなり
　　　青空を見て　ほほえむなり
　　　星は我に　光を授けたまうなり
　　　歩いてゆけなければ　這っても行こう

『嶺風（れいふう）』という名で　詩吟の師範の資格をもつ父が吟じてくれる
武者小路　実篤氏の『歩いてゆけなければ』がとてもすきです（上の文章）

ここら・プリマヴェーラのことを　時折『道場』と父が呼ぶように
おどることも道をゆくこと

吟道　茶道　華道　書道　武道―――
いろんな道があるけれど

つまずいて　ころんでも
あきらめず　おきあがって

『舞道』というわたしの道を歩いてゆきたい

ヴァイオリンの指導をとおして
こどもたちの才能教育にいのちを捧げられた
鈴木　鎮一先生の御著書　『　愛に生きる　才能はうまれつきではない　』　のなかに
すばらしいメッセージがきらきらいっぱいにのこされています

〈　能力は育てるものだ　〉という章のなかでは

　　　　　人間の能力は生まれつきではない。人間形成のほんとうの姿————
　　　　　それはわたしたちの生命力が働いて、おかれた環境に自分を適応させ、
　　　　　その能力を身につけていくものだということは、
　　　　　次のような貴重な資料からも、はっきり知ることができます。

と　木田　文夫博士による
『　おおかみに育てられた女児　』の話の要約をあげられています
ひとの子でありながら　おおかみのなかで　おおかみに育てられ
おおかみの生態を獲得してそこに生きた2人が
四つ足で歩き　口で物をくわえ　生肉を好み　夜吠えをし
そのうえ　女児でありながら　その肩や胸に長い毛がはえていた事実をあげられ

この事実は、地上のすべての子どもたちが、それぞれの生命をどのように
生きようとし、それぞれの人間がどのように育っていくものであるかを、
まざまざと教え示しています。
　その心も、センスも、知恵も、行動も、いままでわたしたちが生まれつきだと
考え信じていたいっさいを捨て去るべきことを痛切に勧告しています。

　　　　　　　　　　　　　　　　　　　　　　　　　　　　　　　中略

　いま、世の多くの子どもたちは、ほんとうのおおかみのなかに
投げこまれてはいません。しかし、生まれつきではなく、環境によって
子どもたちがその能力を身につけ育っているとしたら、大なり小なり、
おおかみのなかに投げこまれたのと同じように
そこなわれた育ち方をしているのです。
　そして、そのそこなわれた姿を見て「生まれつきだ」という。大きなまちがいです。
　子どもたちの運命――――それは親の手に託されているのです。

と記されています

わたしがゆめみ　想い描き　信じているものが
先生のお言葉　先生の歩まれた道につながっている――――
みえずとも　たしかにつながっているこころのりぼんを感じながら
後に生まれたものとしての使命　そして同時に
先に生まれたものとしての使命をおもいます

芸術の実態は、そんな高いところ、遠いところにあるものではなかった。
それはもっとも日常的なわたし自身にあったのです。
わたし自身の感覚の成長と心の在り方と働きと日常の起居————
それがわたし自身の芸術そのものであり、そうでなければならなかったのです。
ひとにあいさつすることも、自己表現としてそれは芸術でした。
ある音楽家がりっぱな芸術を欲するならば、自分をよりりっぱにし、
それに表現を与える。
するとそこにかれのりっぱな姿が現れる。
その音楽家が字を書けば、その字の姿にかれが同じように現れる。
芸術はとび離れたところにあるのではない。
芸術作品は、全人格・全感覚・全能力の表現である————。

先人達がいのちを捧げ育んできた
人間としての愛や美を求め表現してゆくこころ
未来へとつないでゆきたい

だいすきなおどることをお伝えするには
そのまえに　どうしても
お伝えしなければならないことがある

けれど　右をみても　左をみても
その想いとは　まるでかけはなれてしまっているように
みえる　おもえる　わたしの母国　いまの社会　ひとのこころ
伝わったかな　そうおもった次の瞬間におこる信じがたい言動　かなしいできごと

それさえ伝われば　すべてがまぁるくつながってゆく

どんなときもあきらめずに
たがいの　いのちの内にある神性を信じてゆこう

　　　これはね　ほんとうにあったおはなしなの　みんなにきいてほしいな

　　　あのね　野生のチンパンジーさんの研究をしているある女のひとがね
　　　チンパンジーさんに会うためにジャングルに行ったの　動物園じゃないのよ
　　　くる日もくる日もジャングルのなかで　女のひとは待っていたの
　　　待っても待っても　なかなか会うことのできなかったチンパンジーさんが
　　　あるとき　ついに女のひとの目のまえに姿をあらわしてくれたの

　　　女のひとはね　目のまえにいるチンパンジーさんに　てのひらをさしだしたの
　　　かわいい実をのせてね

チンパンジーさんはどうしたとおもう？

「 ─── 」

みんなだったらどうするかしら？　どうしたいかな？

「　実をもらって　食べる　」

「　かわりにお花をあげたい　」

そう　それもすてきだね

そのチンパンジーさんがどうするのか
わたしもじっと　息をとめてみていたよ
するとね　チンパンジーさんはその実をよせて
女のひとのてのひらに
そっと　自分のてをのせたの

そう話した瞬間に
こどもたちのひとみがきらきらとし　空間があたたかくなるのを感じました

もう何年もまえに観た『　地球交響曲　ガイアシンフォニー第４番　』
それを観た途端に　ぽろぽろとなみだがこぼれてとまらなくなってしまった
あの場面を　あの感動を分かちあいたくて　わたしはクラスのなかで伝えます

「　おんなのひとの優しいきもちが伝わったんだね　」

「　チンパンジーさんは　そのひとのこころがわかったんだ　」

「　チンパンジーさんは　うれしかったんだね　」

「　きっと　ありがとう　って言いたかったんだ　」

「　きらきらがとどいたんだね　」

そうだね　おどることもおなじなの
すべてのいのちには　こころがある

言葉がなくても　からだじゅうに想いがみちあふれ
伝わってゆく　届いてゆく　そんなおどりにしたいね

たいせつに飾ってあるガラスのおきものを　ちいさなおともだちに
ひとりずつ順番に手渡してみるのも　そのためです
優しく扱うことができずに　壊してしまうこともありますが
そのおともだちは　もちろん　その場に一緒にいたおともだちも
こころをからだにあらわすことが　想いをこめてからだを使うことが　おもったよりも
そう簡単ではないのだということを感じてもらえたらとおもいます

また　花瓶を壊してしまったり　絵本や壁紙をやぶってしまったり
トイレにゆくのがまにあわずに湖ができてしまったり————
おおくのおともだちが出入りする空間では　いろいろなことが起こりますが
起こってしまったときにも　残念ながら　こころをからだに　あるいは言葉にして
どうあらわせばよいのか　わからないおともだちもたくさんいます
どんな事情があろうと　してしまったことはまずは認め
『　ごめんなさい　』をいうべき事態に
おかあさんがこどもをかばい　言い訳をしたり　代弁してしまうこともあります
すばらしい経験になりうる状況が　ただなんとなく　布にくるまれて　みえなかった
なにもなかったかのように取り繕われ終わってしまう
こころとこころを　いのちを育みあう　とてもよい機会が与えられながら
その経験をたからものにせず　無駄につぶしてしまうことも多いように感じています

たとえば　ちいさなおともだちが鏡をべたべたとさわってしまうことがよくありますが

　　　　かがみさんはね
　　　　みんなのことをこんなにいっしょうけんめい　きれいにうつしてくれているのよ
　　　　だから『　ごめんね　いつもありがとう　』って
　　　　いっしょにおそうじをしてあげようね

そんな言葉をかけるわたしの対応が　ときには受け入れられないこともあります
『　うちではこどもを自由にさせています　』　お母さんはおっしゃいます

こどもたちは　ご両親やご家族にとってのみならず
わたしたちみんなが愛するたいせつないのち
だからこそ　ともに　こころとこころをつなぎ
いのちを愛を　生きるということを学びあってゆきたい

恐れることなく勇気を胸に　ひととしてこの星に生きる姿を問う　わたしたちの愛が
すべてのいのちに伝わらないわけはありません

『　こんにちは♪　』とにっこりご挨拶もできず　そのときの気分でかってにふるまい
わがままに我をとおし　ふくれたり　泣いたり
『　ごめんなさい　』も『　ありがとう　』も言うことができない
自分の利益ばかりを要求する――――

そんなふうに育ってゆく姿が　わたしたちがそのいのちを愛し
自由意志を尊重し　たいせつにしている結果なのか
はたして　本人はそれをほんとうに望んでいるのか
それを　彼ら彼女らの個性や性格であると　いったいだれが認め
決めつける資格があるのか　わたしは考えます

おおかみに育てられたこどもたちが　おおかみ同様になってしまったように
わたしたちひとにはかぎりない可能性があります
けれど一週間に一度　数年間おおかみに育てられたとしても
あの少女たちのようにおおかみとして成長することはないでしょう
からだをこころにしてゆくという　毎日のつみかさねによって育まれてゆくものが
一週間に一度か二度のわずかな時間のお稽古だけでは　とても習慣にはなりえず
そのひとの身についてゆくのには　長いながい時間がかかります

『　しつけ　』という言葉は　『　躾　』　身に美しくと書きます
バレエの様式を身につけてゆくことも　まさにみずからを躾けてゆくことです

芽をだせずにいる　すなおさのたね
美しさのたね　ありがとうのたね
ごめんなさいのたね────

みんなのひかりのたねが芽をだし
かたちではない　いのちの奥の奥からあふれでる美しい想いが
この身に　からだに自然とあらわれてゆくように

あたりまえになってしまっている有り難いこと
忘れられてゆくたいせつなこと
失われてゆく美しいもの

みえないものを感じながら
ひとつひとつおもいだし　ゆめではなく　ここにあらわしてゆくこと
それがいまできる　ちいさいけれどおおきな一歩なのだとわたしは信じています

足元だけではなく　わたしたちはいつも空気につつまれていて
おひさまのひかりを受け　無償の愛をおくられていること

いただいてしまった　たくさんのたべものさんたちのいのち
家族やまわりにいる方はもちろんのこと
なまえもお顔もわからない多くの方達に
生まれてからきょうまで　おくりつづけていただいている
はかりしれない愛のおかげで　わたしたちが　いまここにあること

みんなが歩く　ラ・プリマヴェーラへとつづく道には
その道をひらいてくださった方や
そこに咲く美しいさくらをゆめみ　植え育ててくださった方いらっしゃること

いっしょにおどらせていただく美しい音楽には
作曲した方のいのちや想いがこめられていて
その音楽を愛し　たいせつに奏でてくださっている方がいらっしゃること

きょう　みんながここでお稽古ができるのは
ご両親が日々　いのちを懸けてお仕事をし　それによって得られた報酬を
みんなのために惜しみなく使ってくださっているからだということ

　　　みんなが大きくなってね　お仕事をするようになったとき
　　　もしもお給料日になっても　何日過ぎても
　　　お給料がいただけなかったら　どうかしら？
　　　では　みんなが会社にいっても　ちっともお仕事をせずに
　　　携帯電話ばかり使っていたらどうかしら？

みなさんとお稽古をして　みなさんからいただくお月謝があってはじめて
ラ・プリマヴェーラの鍵があき　照明がつき　お水も流れ

ひとりひとりの愛　たがいのきらきらがめぐりめぐって
一日ははじまり　一日は終わり　またあたらしいときを迎えられること

そしてそんなふうに　すべてが愛によって存在しているのだということ

きょういま　いのちがあり　ここでおどることができるというすてきな奇跡は
一見あたりまえのことのようですが　それはとてもおおきな氷山の一角であり
その陰で　どれだけたくさんの愛に支えられ　育まれ　導かれ
いまこの一瞬があるのかを　はかりしることはできません

お稽古であっても舞台であっても
生かされているという　このかけがえのない一瞬に
どんな想いで　なにをあらわすのか
どんないのちをここにあらわしたいのか
みてくださる方がいらしても　いらっしゃらなくても
ひかりがあり　空気につつまれ　大地に支えられ　音楽がながれる　そのなかで
いのちをこめて　愛をこめておどらせていただくことに　練習も本番も区別はありません

美しい音楽は　空間を美しくしてくれます
その音楽を汚し　空間の波動を乱してしまうのであれば　おどりはいりません
すべての動きにはそのひとのこころがみえます

美しいゆめをみながら　たとえば優しい風を感じておどっているダンサーと
現実にとらわれながら　たとえば自分の動きを目で追っているダンサーでは
まったく別のものをあらわしていることは　いうまでもありません

おどることは　外側からもたらされ　与えられみたされるしあわせではなく
あふれでる泉のごとく　内側からみずからに与えみちてゆくいのちのよろこび　躍動
消えることのないしあわせ　かぎりない感謝

そのたいせつなことが忘れられなければ　レッスンのなかでも　自分の目線でのみ
みえる範囲のからだのかたちにとらわれ鏡とにらめっこをし　空間のなかの異物のように
ただひたすらがんばって　たたかっている姿をみることはなくなるにちがいありません

近年　国内ではたくさんのバレエコンクールが催され
オリンピックのなかの競技である体操やフィギュアスケートなどのスポーツに
同化してしまっているような姿も見受けられますが　本来芸術は　点数や順位などをつけ
その優劣を一部のひとのものさしではかることができるものではありません
その美しさを比べることのできない花々のように
愛と調和を奏でる美しいたからもの　魂に語りかけるすてきな言葉　そしてひかり

みえないものを感じながら
この星に　もっとも美しいものをのこしてゆきたい

ひとはね　こころとこころを並べることができるの
あなたもわたしも　みんなきらきらはちがっているけれどね

ひとはね　こころとこころをつなぐことができるの
にっこりと『　どうぞ　』『　ありがとう　』ってね　ほらね

ひとはね　地球をつつみこむことができるはず
きれいな　なないろの虹のように　どうかしら？

信じること　愛すること　ゆるすこと　祈ること
いのちといのちを支え愛　みんなでひとつになれるはず

おどることも『　どうぞ　』と『　ありがとう　』なの
もしも　みんなが学校や幼稚園で　いじわるされたり　いじめられたりしたらね
そのおともだちにも　きらきらを贈ってあげてほしいの　できるかな？
あなたはきらきらをいっぱいもっているでしょ　だから　だいじょうぶ！
痛いのも　かゆいのも　みんなラ・プリマヴェーラにもってきてね
みんなでぜんぶ　きらきらにかえちゃおう！

みんなのいのちから生まれてくる美しいもので　空間の波動をたかめてゆく
いのちは愛　すべてはひかり

だいすきな　たいせつな　そのひとを
暑い日も　雨の日も　雪の日も　毎日　毎日
１０年ものあいだ待ち続けた『　ハチ　』というひとつのいのち

秋田犬である彼が
その生涯をかけてあらわしたものに　わたしはこころうたれます

うすっぺらな言葉ではなく　かたちだけの行動でもなく

彼があらわしたものは　ほんもの

たったひとつ手をさしだすことに
どれほどの愛をこめ　わたしたちはいのちをそそぐことができるでしょうか

その偽りのない　いのち　愛に
わたしは『　生きる　』ということを想います

『　ハチ　』のように生きたい

あふれる涙をおさえられずに絵本を読み続けるわたしを　真剣にみつめるこどもたちは
改札口をみつめるハチの瞳の美しい輝きを　みえずとも感じているにちがいありません

生きているって　ひかりがあること
おひさまみたいに　こころをいっぱいにひろげて
みんなのいのち　みんなのゆめをたいせつにしあえたら

あなたは　あなたのいのちがすきですか？
あなたのからだがすきですか？
みえないこころを　あなたの想いをあらわしてくれる
このてを　このあしを　このからだを愛していますか？

このからだは　あの日
そうあなたが　この地球に舞い降りてくるときに
あずけていただいてきた　たからもの　ここにしかない
そう　あなたしかもっていないきらきらを　ここにあらわすために

きょうまでいただいてしまった　お米さんのいのち
お野菜さんのいのち　たくさんのたべものさんたちのいのち　愛のぶんも
いま　あなたのきらきらをおくりものできたらいいですね
ありがとうをいっぱいにこめて

あなたをこころから愛し　必要としているだれかのために
そう　あのひとのために

ピアニスト　小原　孝さんの奏でる　優しくあたたかく
どこかなつかしいメロディーが　ラ・プリマヴェーラに響きはじめ
こころとからだのリラクゼーションのストレッチクラスは
わたしからのこんなメッセージではじまります

クラスローズ　クラスミモレのなかに一時間プログラムされている
♡　Lullaby　ララバイ　♡　は　すべての美しいいのちへの子守歌として
ラ・プリマヴェーラからみなさまへの贈りものです

みんなでふわふわになれたらいいな
ふわふわになって　きらきらがいっぱいにあふれだしたら　みんなでにっこりだね

♡　ふわふわ　♡　きらきら　♡　にっこり　♡　は　ラ・プリマヴェーラの愛言葉

ひとりのふわふわ　きらきら　にっこりは
そのひとのそばにいるたいせつなひとたちのしあわせに　きっとつながってゆくはず

みんなのこころとからだがふわふわになってゆくために
ここラ・プリマヴェーラで　わたしがするべきこと　わたしにできること

すみれはすみれ　たんぽぽはたんぽぽ　ちゅうりっぷはちゅうりっぷ————

それは　なによりも　だれよりも　それを想うわたし自身が
ふわふわ　きらきら　にっこりのほんとうの自分になってゆくこと

わたしが　ほんとうのわたしになってゆく
ほんとうの自分？

　　　息をすることも問われるような
　　　　常識という迷路のなかで
　　　　　たったひとり　ぽつんと迷子になっていた
　　　　と　どこからか
　　　　　　きれいなひかりがこぼれてきて
　　　　　　ひとつの道をてらしてくれた
　　　　　　ひかりはやさしく手をひいて
　　　　　　　ゆくべきそこに　ほほえみをひろげてくれた
　　　　　　ちいさくかたくなったからだのまえに
　　　　　　　花いっぱいのじゅうたんが
　　　　　　　　ゆめのようにうたっている

　　　　　　　　ここは　春
　　　　　　　　　わたしはまた　歩きつづける
　　　　　　　　　自由というひかりの道を

足に問題が生じてから　ラ・プリマヴェーラをはじめるまでの数年間
わたしはわたしを失っていました

神経がとおっているところに湿疹があらわれ
胃が病んで　顔の皮膚がぼろぼろになり
毛髪は傷み　円形脱毛がおこり————
気がつくと　おなかも　顔も　からだじゅうすべてがかたくなっていました
顔とからだとこころはひとつ
まさにからだはこころの状態をはっきりとあらわしていたのです

ひとの表と裏　言葉のもつおそろしさ　ゆがめられた真実

目のまえで　たしかにおこっているできごとを現実と受けとめられず
信じていることが　くずれおちそうになるのを必死に支えながら
耐えがたい苦痛をじっと抱きしめていました

どんなときも信じていました

ひとはみな　美しいこころ　愛をもって　この星に生まれてくるのだと
愛しあい　助けあい　偽りなく　誠実に　たがいのいのちをたいせつに生きることを
だれもが望んでいるのだと

次々とおしよせてくるまっくろな雲に
わたしのなかのおひさまが　覆い隠されてしまうような　不安と恐怖

　　　それでも　あなたは信じていますか
　　　それでも　あなたはおどりますか

どこからか　そうきこえてくる声

　　　信じるのです
　　　愛するのです
　　　おどるのです

それは　何度もなんどもきこえてきました
優しく　あたたかく　そして力強く
みえないなにかにつつまれ　まもられているのをたしかに感じていました

閉ざされたこころのドアや窓をあけはなし　いのちそのものに戻ってゆく時間
持ちすぎてしまった重たい荷物や　不必要に着すぎてしまったものを手放し
空気とひとつになってゆく　大地とひとつになってゆく
音楽とひとつになってゆく　ひかりとひとつになってゆく
こころとからだがひとつになってゆく　ほんとうの自分になってゆく

だいすきな美しいメロディーをゆりかごに　みなさんとストレッチをしてゆくうちに
わたしのなかから　自然にあふれでてきた言葉たちは
だれよりもわたし自身が必要としていた　天からのメッセージでした

　　　　　　　　　きょうも全身のちからを抜いて　ゆったりと深い呼吸です
　　　　　　　　　みなさんがいま　地球とどんなふうに接していらっしゃるのかを
　　　　　　　　　からだぜんぶで感じてあげてくださいね
　　　　　　　　　すべてが　とてもゆたかに息づいています　なにも心配いりません

肩のちからが　うぅんと抜けて　お首もながぁくなって
とても美しいひとすじのひかりのように　どこまでもどこまでも続いています
それは　とてもきれいなひかりです

　　　　　　　　　からだのふかぁい奥のおくのほうから　あたらしいエネルギーが
　　　　　　　　　たくさんあふれでてきて　どんなにのびても限りがありません
　　　　　　　　　あとからあとから　すばらしいエネルギーが生まれてきます

みなさんでなかよく　おおきな円をつくっていらっしゃいます
どこかとおくで　ひとつにつながっていて　めぐりめぐって
よいことが　またみなさんのもとに戻ってきます

　　　　　いつもより　すこしのんびりと
　　　　　ご自分のからだの声に耳をかたむけてあげてくださいね
　　　　　いつもはゆっくりときいてあげることのできなかった
　　　　　からだの声やお花の声　地球の声もきこえてくるようです

こうしているあいだも　からだのなかはとてもきれいな流れです
ちいさなお指の一本　一本　先まで　血液もリンパ液も
穏やかに　清らかに　美しくながれてゆきます
まるでおどっているかのように　愉しくたのしくかけめぐってゆきます
地球のうえに大安心　すべておまかせです

　　　　　　　　土のなかから　かわいい芽をだしている草花のように
　　　　　　　　おひさまのひかりをいっぱいに受けて
　　　　　　　　みんなきらきらとかがやいています
　　　　　　　　美しくかがやいています

　　　みなさんのかわいい右のおててを右の足のうえに
　　　そっとのせてあげてくださいね
　　　すこしぐらい切り傷があっても　朝から晩まで一生懸命
　　　美しいお仕事をしてくれています　とてもしあわせな重みです

必要としているものは　もうみんなお与えいただいています
　　　自然の治癒力が　いつも　わたしたちのからだをかるぅくしてくれます
　　　他にはなにもいりません　とてもすばらしいからだです

みなさんのすてきな両手を　外へおおきく翼のようにひろげてあげてくださいね
どんなにつよい風がふいていても　はげしくゆきが舞ってきても
のびやかに　自由に　勇気をもって　はばたいてゆける翼です

　　　　みなさんがはじめからもっていらっしゃる
　　　　からだの美しいながれとバランスを感じてあげてくださいね
　　　　どこも悪いところはありません

すべての骨格は　きょうも筋肉によって支えられています
数えきれないぐらいたくさんの筋肉が　みんな手と手をつないでたすけあって
いきいきと働いてくれています
いつもあたりまえに　なにげなく使っていらっしゃる
ちいさな筋肉のひとつひとつも　みんな存在を感じてあげてくださいね
思い出してもらって　からだじゅうがおおよろこびしています

　　　やわらかいお水が　かたい石のかたちをかえてゆくこともできるように
　　　みなさんの想いは　きっとからだに伝わってゆきます

時間をかけて　かわいがってあげたぶんだけ
からだはうれしくて　かるくなってゆくことができます
だれよりもいちばんに　ご自身の可能性を信じてあげてくださいね
とてもすばらしいからだです　美しいいのちです

　　　　　　　　　　　使いすぎてしまった筋肉も　使わないでしまった筋肉も
　　　　　　　　　　　みんなのびのびしてくれるのを待っています
　　　　　　　　　　　細胞のひとつひとつもきらきらとしています

　　　　　　　　　　206個の骨を支えるという　600もの筋肉をいろんな角度から
　　　　　　　　　　ゆるめてあげましょうね　みんな必要があってついてくれています

美しい音楽のように　すべてを呼吸でひとつに調和させてあげてくださいね
とてもゆたかなみなさんの呼吸で　きれいな波動がお部屋いっぱいにひろがってゆきます
みなさんが　こうしていらしてくださるだけで　とても美しい空間にかわってゆきます

　　　　　　　　　　何度もなんども　おなじことを繰り返し　積み重ねてゆくうちに
　　　　　　　　　　どんなふうにのばしてほしいのか　どんなふうに使ってほしいのか
　　　　　　　　　　からだがちゃんと教えてくれます
　　　　　　　　　　みなさんのからだを　いちばんにわかってあげられるのは
　　　　　　　　　　やはりご本人しかいらっしゃいません

　　　　　　　　ちいさなちいさなつみかさねですが
　　　　　　　　やがておおきな実りへとつながってゆきます
　　　　　　　　かけがえのないたからものになります

かわいいももいろのフラミンゴのようにながい脚です
上にも下にものびのびしています　右にも左にもひろがっています
たんぽぽの綿毛のようにです

　　　みなさんのすばらしいエネルギーは
　　　なかから外へ　なかから外へと　遠くまでひろがってゆきます
　　　一体　どのあたりまでいったでしょうね
　　　大きくおおきくひろがっていったエネルギーは
　　　今度は外からなかへ　外からなかへと
　　　たくさんあつまってきます　限りがありません

　　　　　　いらないちからが　なんだかみんな抜けてしまって
　　　　　　優しい一枚の花びらのような美しさです
　　　　　　ふんわりと浮かんでいます　ここに

どれだけのびたかではなく　どんなふうにのびたのかが　とてもたいせつです

地球にやさしく　からだにもやさしくです

　　たったひとつおててをあげるだけでも
　　大きな負担をかけてしまうようなあげ方もあります　けれど
　　ほんのすこしの意識の違いで　やさしいことへとかわってゆきます
　　いきいきとした美しいながれを　いまは目でみることはできませんが
　　からだぜんぶで感じてあげてくださいね
　　とても美しいながれです　すばらしいいのちです

　　　　　　　引いては寄せる波のように　ゆったりとした呼吸でお願いします
　　　　　　呼吸がいつもたすけてくれます　どんなときも

　　　気持ちはどこまでもどこまでものびてゆくことができます
　　　　からだもそれについてゆきます　どこまでもどこまでもついてゆきます

ストレッチは柔軟体操ではなく
なによりもいちばんの　こころとからだの解放です
こころのとびらも窓も　ぜんぶ開け放して　ゆったりと受け入れてあげてくださいね
すこしずつ　すこしずつ　ふわふわ　きらきら　にっこりとしてゆきます
魔法のようにもゆくかもしれませんね　奇跡もおこるかな

からだはいつも　いろんなかたちで
わたしたちにメッセージをおくってくれています
ときには痛かったり　かゆかったりすることもあるかもしれませんが
決して　悪いところを知らせてくれているのではなく　あらためて
いのちのすばらしさを感じさせてくれているのだとわたしは考えています
そんなメッセージが届きましたら　そんなチャンスが訪れましたら
からだが本来もっているすばらしさを　そして　みなさんの内なる可能性を
感謝とともに　どうかたくさんたくさん　たくさんひきだしてあげてくださいね
それができるのは　みなさんご自身しかいらっしゃいません

　　　　根を張れば張るほどにお空に近づいてゆく　美しい木がお手本です
　　　　いっぱいお花も咲くといいですね
　　　　かわいい実も　たくさんたくさんなるでしょうか
　　　　ことりさんもくるかな　きっとくるよ

ずっと　このからだとおつきあいをしてゆきます
たくさんかわいがってあげてくださいね
とてもとてもすばらしいからだです　まちがいありません

　　　　世界中でたったひとつのお星さまですから　個性ゆたかにかがやきます
　　　　みんなのためにかがやきます

　　　　　　　使えば使うほどにかがやきをまします　使うためにからだはあります

　　　　　　　　　　きょうもきらきらのお誕生日です
　　　　　　　　　　おめでとう！　ありがとう！

　　こころの野原はひろびろです　いつも　いつも

　　　　　　　　　　　　　　きれいなまぁるい真珠のように
　　　　　　　　　　　　　　きれいなまぁるい地球のように
　　　　　　　　　　　　　　きれいなまぁるいひかりのように

　　　　　　　　きょうも　大地からいっぱいにエネルギーをいただいて
　　　　　　　　美しい平和な円を一緒に描いてくださいね
　　　　　　　　のびのびできてうれしいな　にっこり

いらないものは　みんなここへおいていってくださいね
ラ・プリマヴェーラでおひきとりいたします

　　　　　　　　みなさんの元気で　まわりの方達を勇気づけてあげてくださいね
　　　　　　　　みんなでしあわせいっぱいの毎日にしましょうね

　　　　　最後までまぁるく　ふわふわとまぁるく　きらきらとまぁるく
　　　　　にっこりとまんまるく　いついつまでもまんまるく
　　　　　どんなときもまんまるく　まんまるく　まんまるく‥‥‥．

週に８クラスあるクラスローズ　クラスミモレのなかで
一時間　ほとんど休みなく語り続けているこのメッセージに原稿はありません

どんなときもいつも一緒に
最後までゆめをかなえてゆく　このこころとからだ
内なる声に　ハートの声に　からだの声に耳を傾け
かけがえのないいのちを　もっと　もっとみんなでかがやかせてゆくことができるはず

突然に逝ってしまった最愛のひと　いつのまにか患ってしまったおおきな病

この星のうえで出逢う　さまざまなできごとに
こころの痛みは　からだの痛みとなり
からだの痛みは　こころの痛みとなり
頭痛　腰痛　不眠症　冷え性　いろいろな内臓の疾患
うつ病　ひきこもり　対面恐怖症　パニック障害―――
さまざまな問題を多くの方が抱え　そのつらさを　苦しさを　重たさを訴えられます

首が痛い　肩が痛い　腕が痛い　背中が重たい　腰が痛い　膝が痛い　歩くのがつらい

道を歩いていても　地下鉄に乗っていても　元気でしあわせそうにみえるひとは
そう多くは見当たらず　人々の表情は暗く　からだが助けを求めているのがわかります

それは以前のわたしの姿でもありました
ラ・プリマヴェーラをはじめるまえのわたしのからだは　たしかに助けを求めていました
一日中おどり続け　夜遅く帰宅すると　胃の痛みでひっくりかえり　這って歩き
からだじゅう　首も背中も足も　しまいには顔にまで痛みを生じていました
それでもおどることへの想いは　それ以上につよく大きく　休むことなど考えられず
だれにも言わずに　いつもにこにこと元気をよそおい　ひたすら頑張り続けていました
金槌にタオルを巻いて　痛い足をたたき　もっともっと強いからだをつくらなければと
ますます地の底へ追い込んでゆくような　そんな毎日があたりまえのことだったのです

年齢をかさね　仕事の量もおどっている時間もずっと多くなっているにもかかわらず
いまは　どこかにおとしてしまっていた翼が背中に戻ってきてくれたようにかるいのです
そんな無謀なことをしていたら　倒れてしまうよ　とはじめ
ラ・プリマヴェーラのタイムテーブルをみた友人や知人が　親切に忠告してくれましたが
すこしでも仕事を減らし　休んでからだを大切にするというよりは
いままでできなかったことが　休まなくても続けてゆける
より自然に　楽にできるようになってゆく　ということのほうがたいせつでした

どんなふうに使えばからだはかるいのか　硬くならないのか　もっと良くなってゆくのか
硬くなってしまったものは　ほんとうにゆるめることができるのか
それにはどうすればよいのか————
生かされているいま　おどることはもちろん　ひととしてのすべての言動を省みて
偉大なる自然の一部であるみずからのいのちの声に従い　みずからがかわってゆくこと

休むことなく積みかさね　自分自身のからだで実際に体験し　なしえたことは
だれがなんと言おうとも揺らぐことのない　わたしの真であり　信であり　芯であります

訴えずにはいられないほどの　みなさんの痛みやつらさは手にとるようにわかります
また　なにもおっしゃらなくても　からだやお顔から発せられているサインや
メッセージが痛いほどに伝わってきます
ですが　それがどんなにつらく苦しいものであったとしても　すべてには意味があり
すばらしいいのちをここにあらわすために　天から贈られている
たいせつなメッセージがそこにはあります

まるで魔法使いのように一瞬にして　痛みや苦しみを消し　取り除き
ほほえみとしあわせをはこぶ青い鳥は　どこか遠くからとんできてくれるのではなく
すでに　わたしたちのいのちのなかで　のびやかにはばたくときを待っています

どんなときもあきらめることなく　希望を胸に　すべてをきらきらにかえてゆく

わたし自身もそうであったように痛みを持つ多くの方は　その原因に首を傾げられます
不調や問題があらわれて　はじめて慌てて大騒ぎになります

健やかな日々を願う想いから　定期的に健康診断を受けていらっしゃる方
からだに良いとうたわれている健康食品やサプリメントを摂取していらっしゃる方
運動不足を解消しようとジムに通い　筋肉を鍛え硬くするトレーニングや
ウォーキングやジョギング　スリムなからだを維持しようと　数多くあるエクササイズを
欠かさずに続けていらっしゃる方などはとても多いようですが
筋肉に硬さや疲労を蓄積し　問題や不調和をつくり続けた要因に目を向け
毎日の生活のなかで　想いからうまれる言動のひとつひとつをみつめなおし
自然にこころとからだをゆるめ　ひととしてのバランスを整えてゆくことに
時間を費やす方は　まだまだ少ないように見受けられます

また　痛みやつらさから解放されたいがために　なにかで痛みをおさえようとしたり
ごまかそうとすることもあります
一時的には　ごまかすことができるかもしれませんが　ポケットに押し込み
蓋をするようなことでは　ほんとうの解決にはなりません
あらわれている痛みやつらさ　苦しさ重たさから　真に解放され自由になってゆくには
苦痛をつくりだしてる原因を探り　根本から変えてゆくこと
現在のからだをつくり続けてきた　長年の習慣どおりの筋肉の使い方を捨て
これからのからだをつくってゆくためにふさわしいストレッチをお勧めします

バレエの教室でありながら　ストレッチばかりをたいせつにしている　とのご指摘を
以前受けたことがありますが　すでに過去の習慣でつくりだしてしまった　かたく
ねじれ　ゆがみ　くるったからだや病んでいるからだで　どうして一本の綱を渡るように
一点をとりつづけ　空に舞う美しいおどりをおどることができるでしょうか

観るもののこころをとらえる美しい歴史的建築物が　長い年月　姿をかえず
この星のうえに存在してゆけるのは　そのくるいなきちいさな一点を
たいせつに守りながら設計され　建築されているからにちがいありません

わたしたちがお与えいただいているこころとからだは
そのどちらもがとても繊細ですが　また　驚くほどにつよく
互いにたがいを　たえず支えあい　たすけあい　いのちをつないでくれています

たとえいま　こころやからだにあらわれているものが　どんなに大きな痛みであろうと
かなしみであろうと　苦しさであっても　硬さであったとしても
それは過去につくりだしてきたもの　永遠ではありません
それは消えるためにこそ　あらわれたもの
いま　想うことによって　未来は変わります　変えてゆくことができます

美しい音楽を奏でるために　音楽家が音程のわずかなくるいも聴き逃さないよう
調律やレッスンを繰り返すように

こころとからだをもつ　すべてのひとが毎日のほんのわずかな時間を
からだとの対話やストレッチに費やし　自分のいのちが　いま必要としていることを
敏感に感じとり　本来のここちよい状態に戻してあげることができたとしたなら

それぞれが意志をもつといわれる　ちいさな細胞のひとつひとつが
ちからづよく回復を望み　躍動しはじめ　みずからの自然治癒力により
みずからを治癒してゆくことができるようになったとしたら
それは　とてもとてもすてきなことです
たとえ１％の可能性だったとしても　わたしはそれにかけてみたいとおもいます
不可能を可能に　奇跡はつくりだすもの

人類の歴史がはじまって以来
どの時代においても　世界中どこであっても
生を受けただれもが　健やかにしあわせに生きることを願う想いに変わりはなく
ありとあらゆる角度から　はかり知れず多くの方達が
その大きな課題に取り組み　いのちを　生涯を捧げてきたにちがいありません

にもかかわらず　この星のうえでは
いまも　多くのいのちがわたしたちひとによって
おかされ　傷つけられ　奪われ
わたしたちは　わたしたち人類のゆめを　みずからの手で壊し続けています

わたし自身がそうであったように　おおくの方達が　ちいさなおともだちでさえも
知らず知らずのうちに　いろいろな原因から
すばらしいいのちの躍動をとめてしまっていることは少なくありません

こころもからだも　病んでいるひとは増え続け
病院や医師は足りず　看護や介護を必要とするひとたちがあふれ
みずからのいのちを絶ってしまうひともたくさんあるなかで
『　生かされている　』いのちそのものをみつめなおし　真なるものをみいだし
慈しみ　赦し　愛しあうこころを育みあいたい　きらきらを贈りあいたい

この星にいるあいだ　わたしたちは
いのちをつないでゆくために必要な動作はもちろんのこと
この星の一員として　たがいのいのちを生かしあいながら
お預けいただいているこのからだを使い　はたらきます

どのような仕事もすべては　わたしたちのこころをあらわし
愛のひかりをはなつものでなくては意味がありません
それは　からだを使わずに楽をすることではありませんし
天からお与えいただいた大切な使命を放棄することでもなく
かなしみや苦しみから逃げることでもありません

わたしたちはだれもが
そのひとにしかできない天命をまっとうするのに必要なすべてを
すでにひかりのたねとしてもっているのです

からだをつくっている60兆個の細胞は　すべて必要があって存在しています
おなじようにからだを地球におきかえてみると　わたしたちひとりひとりも　みんな
細胞のひとつひとつのように　なくてはならないたいせつな存在なのです
かたくなり　躍動していない部分は　血液やリンパ液のながれも滞り
新陳代謝も不活発になり　神経もゆきとどきにくくなります
それは決して　その部分だけの問題ではありません
からだは全部でひとつなのです
この地球のうえに　戦争をしているところ
病んでいる　苦しんでいるところが一ヶ所でもあるとしたならば
わたしたちのからだのどこかが　癌におかされているのとおなじです
すべてはひとつなのです

忘れることのできない深いかなしみ
とりのぞくことの困難なおおきな苦しみ
つよい憎しみ　怒り　葛藤————
閉ざしてしまったこころのドア　くもったままのこころの窓
あけるのがこわかったこころの鍵

おおいなる愛のひかりが　こころとからだをみたし　すべてがときはなたれ
本来の呼吸によって　眠っていた細胞のひとつひとつが目覚めてゆく
それはひかりのたねが　ちいさな芽をだすとき
いのちが美しいかがやきを取り戻すとき

そのひとだけがもつ　いのちの美しさを咲かせてゆくためにも
ゆったりと　からだをこころにする時間
優しくあたたかく　愛にみちたほんとうの自分に戻ってゆく時間と場所が
おどるひとのみならず　すべてのひとに必要なのです

わたしたちがこの星を去るとき　からだはからっぽになります
いまは　あなたのからだにも　わたしのからだにも
いのちがながれ　想いがからだを動かしています

たいせつなひとやものにふれるとき
からだは愛をあらわします
たいせつなひとをまもろうとするとき
からだは奇跡をおこすこともあります

想いのおおきさ　つよさが　おどろくほどの偉業を成し遂げることもあります
わたしたちのからだは　ひかりのたねによる愛の集合体

この星にいるあいだは　どんなときもあなたを守り　あなたを支え
あなたのゆめをかなえるために最善を尽くしてくれる
もっとも信頼のできるすばらしいパートナー　あなたを裏切ることは決してありません

内なる声に耳を傾け　ただの柔軟体操ではない　からだとの対話をかさねてゆくことで
からだじゅうにゆたかな美しい愛と感謝のひかりがいきいきとながれだし
からだはそのひと本来の　すばらしい真のいのちをあらわしてゆくのです

愛するひとを　家族を支え　守り　助けながら　どんなときもみんなのしあわせのために
惜しみなく使い続けてきた　あなたのからだ　あなたのいのち

ちいさなおともだちにも
みんなのたいせつなひとたちにストレッチをお伝えしてね　とお願いしています

　　　　おかあさんやおとうさんは　みんながあかちゃんのとき
　　　　どんなに重たくても　腕が痛くなっても　落とさずにしっかりと
　　　　みんなを抱っこしてくれたでしょ　だからね
　　　　こんどはみんながたいせつなひとを　抱っこしたり　おんぶしたりするのよ
　　　　できるかな？　いまからちゃんと　からださんをふわふわにしておこうね
　　　　８０歳になっても　１００歳になっても　ストレッチを忘れないでね
　　　　ふわふわおじいちゃんと　ふわふわおばあちゃんになろうね

この星のうえで　これまでどれだけたくさんの子守歌が
奏でられ　うたわれてきたことでしょう
きこえますか？
あなたへのララバイ
あなたが　いつも　だいすきなあなたでいられますように

　　いいんだょ
　　　　なにも怖がらなくて

　　　　だれがなにを言おうと
　　　　　だれがなにを想おうと
　　　　　　だれがなにをしようと

　　　　　かみさまは
　　　　　　ちゃんときみをみている

　　　　　たとえ　なにがおこっても
　　　　　きみだけは真実を生きて
　　　　　きっとできる
　　　　　　　約束だょ　僕ときみのたいせつな

ラ・プリマヴェーラをはじめて数年経った頃
わたしはのどに不調をおこし　声がでにくくなりました
ちいさなときより　お薬や病院をあまり頼らずに育ててもらってきたわたしは
そのうちに良くなるだろうと考え　そのままにしていました

お稽古にみえていらっしゃるみなさんが心配してくださって
のどに良いからと　いろいろお心遣いをしてくださいましたが
なかなか快方に向かわず　数ヶ月が過ぎました
自分では　普段の不規則な生活やからだの酷使によるものだけではなく
なにかほかに理由があるように感じられていました

そう　からだはいつもたいせつなメッセージをおくってくれている

足の指の関節に痛みが感じられたときもそうでした
あのとき実は　はじめに診ていただいた医師には
骨が砕けているので　切ってそれを取り出さなければならない　との
診断結果を言い渡されました
しかも　その頃ご指導いただいていたバレエの先生のご紹介で
東洋医学の診療を何度か受けたことがあることをお話すると
医師は急に　驚くほどの怒りをあらわされ　わたしはなぜかひどくお叱りを受けました

ただ　おどることだけに夢中で　からだのことや医療のことなど
ほとんど無関心に近い状態であった当時のわたしには
その意味がまったくわかりませんでした

とにかくこれからおどってゆくのには　からだにメスをいれないほうがいい　との
バレエの先生のアドヴァイスのおかげで
わたしは　もうおひとり別の医師の診療を受けてみることに決めたのです

次に診てくださった医師は　レントゲン写真には写らなかった
本来写るべき骨の一部の損傷を　幼少時より無理に使い続けたために
発育過程から次第に損なわれてきたものと判断し　治る見込みはない
治すことはできないものだとお伝えくださいました

いま　ここに目に見えているものだけに焦点をあて　不完全にみえるものを
かたちでのみ　完全にしようとおもった結果
筋肉のアンバランスによってとびだしてしまった骨を削ってしまったり
膝にたまった水を何度も取り除くうちに
膝の関節の機能そのものが損なわれてしまったり————
判断と選択がひとつちがえば　ダンサーとしてのいのちをおとすことにも
なりかねないことを　そのときは　まだ気づいてはいませんでした

からだのどこかに　それはたとえ
とてもちいさな箇所であったとしても問題がおこるのには
かならずその不調和をうみだすことになった理由　原因があります
その目には見えていないところに　ひかりをあてることによって
改善をはかることができる可能性があるのです

西洋医学
東洋医学
目に見えてきたものに施す治療
目に見えていないものに施す治療

わたしは医師ではありませんし　病気やけがを治すことが仕事ではありませんが
多くの方達のたいせつないのちを　からだをお預かりしている以上
おどることをお伝えしてゆくなかでも
いのち　そしてこころとからだ　この神秘と向かいあい
すべての意味を　真実を感じとってゆく必要があります

なぜそのような症状があらわれているのか
なぜそのような動作になるのか
どうすれば治癒してゆくことが　改善してゆくことができるのか
不都合な事実に蓋をしたままではいられません

あのとき　のどに不調があらわれていなかったら
もしも簡単に症状が改善されていたとしたら
先生にお逢いすることはかなわなかったかもしれません
いえ　お逢いするために　からだがメッセージをおくってくれていたのだと
わたしはいま　こころから感謝しています

それは　目に見えるものと　目には見えないものの両方を施術する
体内に眠っている自然治癒力に働きかけ　最大限に力をひきだす施術法
『　浄波良法（　旧　波動良法　）』を編みだされ
癌をはじめ多くの痛みや苦しみをもつ方達のひかりとなられている
松本　光平先生です

先生もまた　高校時代より野球やボクシングで肉体を酷使し
極限まで鍛えあげ　そのことにより筋肉のバランスを悪くされ
からだを痛め　14回もの脱臼や20歳のときには60針も縫う手術
病院での寝たきりの生活という　たいへんなご経験をなさった方でした

先生の最初の御著書である　『　波動良法で自然治癒力を引き出す　』のなかに
このようなお言葉があります

また　脱臼という症状そのものが、私に、
自分が目に見えないものに　動かされているということを教えてくれました。
なぜなら、私が間違った方向に行こうとすると、必ず脱臼したからです。
それは、大いなる力と言ってもよいでしょうし、宇宙の意志と言っても、
神仏と言ってもよいでしょう。この世には人間を超えた何か大きな力、
偉大な力があり、私たちは、その力によって動かされているのです。
でも、そのことをはっきり知る人は少なく、その意志を読み解ける人も
少ないのが現実です。

なにかの原因や理由があって　わたしたちのこころやからだ　いのちが
すべてとの調和を阻（はば）み　ひかりを遮（さえぎ）っている状態にあったとしても
美しいひかりの波がその魂に深く響きとどくとき
わたしたちは宇宙とひとつである本来のいのちに戻ることができるのだと
先生の施術は身をもって教えてくださいます

はかりしれない想いのたかさと清らかな響き
揺らぐことのない不動の心で　真理の道を歩いてゆかれる先生のお姿———

わたしのなかの　たいせつなひかりのたねが芽をだすための出逢い
そのご縁とお導きに　このうえないよろこびをいただきました

おおきな願いを抱き　この星に在るわたしたち
すべてをときはなし　いまできることがなにかきっとあるはず
こうして出逢えたあなたといっしょに

だいすきなマザー・テレサの言葉を思い出します

　　　　　人は一切れのパンではなく
　　　　　愛に　小さなほほえみに飢えているのです。

　　　　　　　　　　　　　　　　　だれからも受け入れられず
　　　　　　　　　　　　　　　　　だれからも愛されず
　　　　　　　　　　　　　　　　　必要とされないという悲しみ
　　　　　　　　　　　　　　　　　これこそほんとうの飢えなのです。

　　　　　たいせつなのは
　　　　　どれだけたくさんのことをしたかではなく
　　　　　どれだけ心をこめたかです。

ねぇ　みんなのおかあさんは　お料理やお掃除　お洗濯
みんなの身のまわりのお世話をしてくださって　お給料をいただいているかな？

「　ううん　もらっていない　」

おかあさんはどんなきもちで　みんなのご飯やお味噌汁を
毎日まいにち　つくってくださっているとおもう？

「　おなかが　ぐぅっ　て言わないように　」

「　わたしたちがいつも　元気でいられるため　」

「　大きくなるため！」

だれかに頼まれたのかな？

「　？———　」

だれにも頼まれなくても　ごほうびなんてなくても　忘れずにしてくださるでしょ
自分の為ではなく　だれかへの愛が　いのちをからだを動かす
そんなとき　ほんもののきらきらがでるんだね

おかあさんがにぎってくれたおにぎりは　きらきらがいっぱいはいっているはず

「　おかあさんのおにぎり　だぁいすき　美味しいょ　」

わたしたちがおどったとき
かならずきらきらがあふれでたら　それはすてきだけれど
どんなにたかくとんでいても　どんなにくるくるまわっていても
どんなにじょうずにおどっていても
残念なことに　きらきらがひとつもみえないこともあるよ

おとうさんやおかあさん　兄弟　姉妹　おじいちゃんにおばあちゃん
なかよしのおともだち————
みんなが観にきてくださって　お花やプレゼントをたくさんいただいて
『　かわいかったね　』　『　きれいだったょ　』　『　じょうずになったね　』
きれいなお衣裳を着せてもらい　すてきにメイクしてもらって
七五三のように　お姫さまやスターになったような気分で
楽しくうれしくおどる　そんな公演もあるけれど

「　バレエなんて　若いものがそんなものをしているから
　　　　　　　　　　　　　世の中はよくならないんだ　」

ラ・プリマヴェーラをはじめるずっと以前に
見知らぬ男性に投げつけられた　その言葉を思い出すたびに
芸術としての舞踊に携わるひとりとして
みんなのしあわせのために
みんなのこころの平和のために
いま　わたしにできることはなにかを想います

ひとつの舞台の幕があがるには　はかりしれないたくさんの方達の協力をいただきます
おおきな愛をおくってくださる方達の想いとつながってゆくこと
バレエは総合芸術と言われ　けっしてダンサーが主役ではありません
舞台美術　音楽　照明　衣裳————　すべての調和の美です

どんなにちいさな発表の場であっても
どこでおどらせていただくときにも

舞台を創る一員として
社会に生きる一員として
地球のうえの一員として

宇宙に存在するひとつのいのちとしての自覚を
みんなで感じあえるものにしてゆきたい

この星のうえに　いま　きらきらが必要な場所はたくさんあります
きらきらを必要としているひともたくさんいます
ほんとうに必要としていらっしゃるところ
必要としてくださる方達のまえで　おどらせていただくことができたなら―――

客席と舞台　観る方とおどるもの
この区切られたふたつの空間がひとつになる
観ていらっしゃる方が　観ていることを忘れ　こころおどってしまう
いのちあるよろこびを　ともにわかちあうことのできるすてきな時間
『　どうぞ　』と『　ありがとう　』のこころが奏で愛　きらきらがひろがってゆく公演
わたしには　ずっとそんな想いがありました

いまは　飛行機に乗って　どこへでもとんでゆくことができる時代です
どんなに遠くへでも　とんでいって　音楽　美術　舞踊―――
すきなように鑑賞することができます
ですが　時間や経済的にゆとりがあっても
どこにもゆけない方達もたくさんいらっしゃいます

♡　風の花にのせて　♡　という　わたしたちのちいさな公演は
病院　老人保健施設　身障者の方の施設などに　春のちいさな野原をつくり
きらきらをいっぱいにひろげよう　という贈りものです

施設の床に　リノリュウムという舞台で使用するマットを敷き
カーテンを張り　簡単な照明を用いて　ちいさな舞台をつくり
おどることがだいすきなアネモネクラスに在籍するおともだちが
30分から40分ほどの短い時間ですが　こころをこめておどらせていただきます

開演をまえに集まってくださっていらっしゃるみなさんは
劇場の客席にすわっていらっしゃる方達とは　あきらかに様子が異なります
見えない方　きこえない方はもちろん
車椅子やベッドに横たわり　ひとりでは立つことも歩くこともかなわない方
起きていらっしゃるのか　眠っていらっしゃるのか　意識がはっきりしない方
いのちをつなぐために　管や装置のようなものを身につけていらっしゃる方

『　きっと　観てもわからないとおもうので……　』　と
はじめは　公演を受け入れることを　お断りになる施設もありました
ですが　わたしたちがみなさんのもとに伺い　おどらせていただくのは
ご覧いただき　お褒めいただくためではありません
たかい評価をいただくためでも　みせびらかしにゆくのでもありません

ただ　ただ　こころとこころをつなぐために　ここにいのちがあることを
ともによろこびにかえてゆくためにおどらせていただくのです
その想いをお伝えし　わたしたちは学びの場をお与えいただいています

いくつもの優しさやあたたかさにつつまれて
　♡　風の花にのせて　♡　は　これまでに17度の公演の機会をいただきました

こころの奥深く　魂に響きとどいてゆくおどり————
理想を語るのは簡単にできても　よりたかいものにしてゆくのは
けっして易しいことではなく　多くの気づきと反省をかさねては
いのちの意味　おどらせていただくことの意味を問いつづけてきました
もうこれを最後の公演にしようとおもいながらも　想いをつなげてゆくことができるのは
そこに『　生きる　』という　いのちの原点をみいだすからにちがいなく
わたしの勝手な想いを理解し　ちからづよく支えてくれる弟をはじめ
スタッフや出演者　まわりのみなさんのたくさんの愛のおかげです

日々たいへんなお仕事のなか　快く迎えてくださった施設の職員の方達がおっしゃるには

　　「　あんなにうれしそうなお顔は　いままで一度もみたことがありません　」

　　「　普段は表情ひとつ変えられない方なのに　涙をこぼされていて驚きました　」

　　「　ほとんど無反応な方がふるえたり　奇声をあげたり　うめきごえを発したり
　　　と懸命になにか感情をあらわそうとしているのがわかりました
　　　みえなくてもわからなくても　たしかにきらきらがとどいているのですね　」

また　お話ができて　拍手もできるような　おじいちゃま　おばあちゃまは
最後まで　あたたかくお見守りくださり　とてもよろこんで

　　　「　うれしかったょ　たのしかったょ　ありがとう　」

　　　「　今日まで生きてこられてよかったょ　しあわせだな　」

　　　「　よく育てられましたね　これからもお願いしますね　」

　　　「　いつ死んでもいいとおもっていたけれど　もうすこし長生きしたくなったょ」

わたしたちのつたない公演を励まし　逆に勇気を与えてくださいます

家族でも親戚でもない　きょうはじめてお逢いした方々と
いつまでもいつまでも手を握りあい　涙でいっぱいになっている————
はるかとおくどこかで　めぐりあいお逢いしたことがあるのかもしれないみなさんに
おどりをご覧いただき　おひとりおひとりのそばに伺い　ほほえみをかわし
こころとこころをつなぐ時間は　忘れることのできないたからものです

涙はどこからくるのかしら

ほんとうのいのち　そのものに戻るとき　戻ったとき
それは　ひかりのたねが芽をだす瞬間
とめどもなくあふれ　こぼれ　とめるすべを失ってしまうのかもしれません

わたしたちにできることは　とてもちいさいけれど　ほほえみを贈ることができます
『　どうぞ　』と手をさしだすことができます
『　ありがとう　』を伝えることができます
きらきらを贈りあうことができます

いのちといのちのふれ愛が
忘れかけていた　なくしかけていたたいせつなことを
呼び戻してくれる　きっとそう

「　『　あのこどもたちは　今度はいつ　おどりにきてくれるのかな　』
　　そうみなさんに何度もお声をいただくので　また是非いらしてくださいね　」

　　　　　風の花にのせて　優しさを　愛を　希望を　ゆめを
　　　　　　　平和へのうたを　こころをこめて

いのちや自然が刻々と変化してゆくように　おどりをそこにとめることはできません
けれど　美しい空　木々　あるいは花々の表情が
胸にいつまでも　いつまでも生きつづけてゆくように
愛をこめた一瞬が　だれかのこころに永遠に咲きつづけることを
そして　わたしの愛するおどることが　芸術が
人類の今日を　この星の未来を
ゆたかなひかりの和でつつみこんでゆくことを信じています

　　　あなたの笑顔をみたいとおもう
　　　　　わたしにもできることがあるかな

　　　　　想いをこめて　いのちをあらわす一瞬に
　　　　　すこしでも　あなたがかるくなれますように

　　　　　　ちいさな野原は　いつでもあなたをお待ちしています

　　　　　　　あなたがあなたでいられる　あなたの春になりたくて

「　きみたちなら　もっと雪の美しさがわかるだろう　」

それは　まだ10代の頃のこと
チャイコフスキー作曲の『　くるみ割り人形　』のなかの雪の場面を
はじめておどることになったときのことでした
振り付けのために東京からおいでくださった男性の先生は
おどり終えたわたしたち生徒に　そんな意味のお言葉をくださいました

天から舞い降りてくる美しいゆきのひとひら

北の国に生まれ　冬になればかならず雪をみて　雪にふれ
雪を知り　雪を感じているはずのわたしたち————
ですが　レッスンのなかでいつも要求されていたのは　外側からみえるかたちのこと
膝をのばすことだったり　外足にすることだったり　おおきくジャンプすることや
５番というポジションにはめこむことだったり————

雪のワルツをおどっても　花のワルツをおどっても
音楽や衣裳　振り付けが異なるだけで　なにをおどってもおなじように
ただかたちのみをなぞり動いているだけだったに違いありません

このおどりは　雪のどんな美しさをあらわすためにつくられたのだろう

先生のお言葉は　いつまでも胸に残り　物語や音楽　振り付け
それらひとつひとつの作品に込められた想いや愛にふれたいと　そしてまた
その想いや愛をつないでゆけるダンサーになりたいとおもうようになりました

彼らは　なにを感じ　なにを想い　なにをあらわし　なにを伝えたかったのか
なにを愛し　なにをたいせつに　どんなふうに生きたのか
このおどりには　どんな意味があり　どんな想いがこめられているのか
それとも　はじめから特別な意味などなかったのか　あるいは
ひとの言葉も二転三転と　しまいには　まったく正反対の言葉にさえ変化したり
ゆがめられてしまうように　次々と伝えられてゆくうちに
作者や振付家の意志には反し　どこかでなにかが　取り替わってしまったのだろうか
いくら考えてもそれは推測でしかなく　その真意にたどりつくのは難しいことです

わたしたちひとは　たいせつにしていることも　求めているものも
みなそれぞれにちがっています
ひとりひとり生まれ育った環境によっても　感性や価値観はおおきく異なり
おなじ状況におかれても
息をのむひともいれば　目をふせるひともいるでしょう
天をみあげるひともいれば　地に臥すひともいるでしょう
きらきらと舞い降りる雪をみても　美しいとおもうひともいれば
また降ってきて困るな　というひともいるのが事実です

感じるよろこびやかなしみ　愛の表現も　みなおなじではありません
だからこそ　創造にははかりしれない可能性があります

この星のうえに　先人達が築きあげ　遺してくれたおおくのたからもの
芸術がかぎりない美や愛の創造であるからには
わたしたちが守り受け継いでゆくべきものは
外側のかたちや振り付けの順番ではなく　その精神　こころだとおもうのです

『　王子です　』『　お姫さまです　』　と胸をはり　きらびやかに飾ったとしても
みえてくるものはかたちばかりで　伝わってくるものには限りがあります
優雅さもその品格も　すべては内面からあふれでてくるもの
つくってみせようとおもってできるものではありません
ターンアウトやアン・ドゥオールにしても　時間をかけ内面から磨いてゆかなければ
たしかに一見つまさきは外を向いているかも知れませんが　まわりながらどこまでも
ひろがってゆく　真の解放を体得することは易しいことではありません

おどりも言葉も　いのちの奥からあふれでる想い　いのちの響きをここにあらわし
偽りのない本心を伝えるためにうまれた　それはひかり
おどることを愛し　おどることを選んでいるわたしにとって
おどりは　そのひとのそのままのこころをいのちをうつしだし
繕(つくろ)うことも偽(いつわ)ることもできない真実

ですが　真実ではないことがあたかもほんとうのことのように書かれ　語られ
ひかりであるはずの言葉が汚され　ひとのこころから愛を奪ってゆく今
いのちのひとひらとしての言葉が　美しいひかりとして魂に響き届いてゆくことを
疑わずに信じて　わたしは勇気を胸に　ここに想いを綴ります
なまえも知らず　顔も知らない　会ったこともなければ　話したこともない
そんなわたしの言葉が　あなたへと　一枚の花びらのような優しさを
陽だまりのようなあたたかさを　はこぶことができますようにと

ひとの想いはそれぞれです
ひとつのおなじ言葉を聞いて　嘆き悲しみ　傷つくひともいます
感謝の想いを伝えられることもあれば　誤解をして去ってゆくひともいます
だからこそ　わたしたちひとができることは　誠実であること　それだけです

レッスンのなかで　わたしはちいさなおともだちに伝えます

　　　わたしがあなたに　たとえばどんなに厳しい言葉をかけるときも
　　　にっこりとほほえみかけるときも　わたしはいつもかわりなく
　　　あなたがだいすきで　あなたのひかりのたねがきらきらと
　　　美しいお花を咲かせることを　そしてちいさくても
　　　わたしの愛があなたのハートに届きますようにと　それだけをおもっているの
　　　たとえ　あなたに嫌われたとしてもね

『　タイタニック　』という映画のなかに
忘れることのできない場面があります

沈みゆくタイタニック号の船上
生命の危機にさらされた人々のだれもが
異常な恐怖からパニック状態に陥るなか
最期まで奏でつづける音楽家たちの姿

音楽を愛し　いのちを　生きることを愛し
最期まで誇りある道を選んで生き抜いた彼ら

過去でも未来でもなく　いま　なにができるのだろうか

わたしもまた最後の最期の瞬間まで
愛に生き　美しいひかりをあらわしてゆくことに
いのちを尽くしたい

　　　　「　泥中に咲く　蓮の花になれ　」

あの春に贈られた
美しい文字が胸によみがえります

この星のどこかに
　どんなときもあきらめず
　　ゆめをみつづけた
　　　あなたのお花が咲いている
　　たいせつにかさねた
　　　あなたの歩み　凛凛（りんりん）と
　　　　めぐみの雨と涙にぬれた
　　　　あなたが歩いたその道には
　　　　　いまもなお　ひかりのお花が咲いている

　　　　つよく　美しく
　　　　　あなたのいのち
　　　　　　あなたの愛が咲いている

あなたもわたしも
そして　おどるひともみんなみんな
たんぽぽの綿毛のように　まぁるくひろがってゆくひかり

中心のちいさな一点から　天と地を結ぶ　縦の糸
その縦糸の中心から十字に交わる　こころとこころ　いのちといのちを結ぶ　横の糸
さらにさらにと　中心からすべての方向へひろがってゆく無数の糸
糸にはちいさな真珠が一粒ひとつぶ並べられ　たいせつにつなげられた美しい球
まぁるく　まぁるく
こころをこめて選びつづけ　できた真珠の糸に
目にはみえない宇宙の愛のエネルギーがながれゆき
ひかりの糸からなる美しい円が　多様につながりつづいてゆく
そんなおどり　そんな生き方を想います

個としての限りあるからだが　エネルギーのとおり道に電池をセットしたように
その先へと無限の可能性を得る瞬間————

けれどたったひとつでも　ほんのわずかでも
真珠の位置がずれてしまうとエネルギーはながれてはゆきません

それは天の意図によって　つながってゆく　美しい軌跡

音楽にもまぁるく美しい波があり
呼吸も美しい円の循環であるとわたしは感じています

よりたかく空に舞うことを望み　自分のちからだけでとぼうとすれば
そのちからがつよければつよいほど　落ちてくるちからもおおきくなります
けれど　はなびらやゆきが　くるくると舞うように
循環するまぁるいエネルギーとひとつになることで
それは　とても自然で　優しく美しいものに昇華されてゆきます

無限大∞という記号のなかにみつけることのできる
人という文字がそれをあらわしているように　わたしたちはみんな
天と地をつなぐ　まぁるいエネルギーのなかに存在しているのです
ひとつの点が　つぎの点につながって　いまここに在るわたしたち
ひととひととの縁も和も　そんなふうにつながっているにちがいありません

ひととしてのいのちの原点に戻り
このかぎりない宇宙空間に　美しい星を誕生させてゆくかのように
ちいさな点をひとつひとつたいせつに選択してゆくこと

大きな宇宙の愛のエネルギーとかぎりなく調和し
ゆたかなまぁるく美しい円を描く　その一瞬

ひとは空を舞うことをゆるされるのかもしれません

わたしたちひとはみな
なにものにもおかされることのない
まぁるく美しいひかり

たがいに　たがいのいのちを照らしてゆく

為すべきことは
この星の平和のために
みんなのしあわせのために　愛のひかりを放つこと

いのちが手と手をつないでいる
　　　　まぁるく　ふんわり　美しく
　　　　とびたつのはいま　ゆうきいろのかぜがふくとき
　　　　こわくなんかない
　　　　　さみしくなんかない
　　　　　　ほら　きょう出逢う　すてきななかま
　　　　　ゆめをはこんで　愛をはこんで
　　　　しあわせをはこんで　ひかりのたね
　　　　　　　かぎりなくかがやいて　このそらのもとで

だいすきなたんぽぽの姿に
地球のうえで生きるすべてのいのちの姿を
また　大いなる宇宙を想い
千住　明氏の壮大に美しい音楽　『　アフリカの夢　』　にのせた

　　　　　　　　　　♡　ひかりのたね　しあわせをはこんで　♡

あなたのゆめをかなえてあげたい
　　　こころの野原に咲く　春色のゆめ

　　あなたのゆめを守ってあげたい
　　　そらたかく　しろいつばさで舞うゆめを

　　　あなたのゆめをいっしょにみたい
　　　愛のひかりにつつまれた
　　　　いつまでも　どこまでもつづくゆめ

弦楽器とハープを生かし編曲された
ファン・ツィ（　1904〜1938　）氏の
美しい音楽『　バラへの３つの願い　』とともに想いを奏でた

　　　　　　　　　　♡　３つの願い　愛　平和　祈り　♡

『　ユネスコ平和芸術家　』の称号をもつ
ヴァイオリニスト　二村　英仁氏が楽譜を発見してくださったことで
出逢いがかなった美しい『　子守歌　』は
アウシュビッツで26歳の生涯を閉じた
チェコの作曲家・ピアニスト　ギデオン・クライン氏が
ナチスドイツの収容所で24歳の時に作曲したもの
時を超えて生きる　彼らたちの想いをひかりとするために生まれた

　　　　　　　　　　　　　　　　　　　　♡　　For You　　♡

チャリティコンサートやコンクールへの参加　結婚式でのお祝い
♡　風の花にのせて　♡　のために創作したこれまでの作品たちは
どれもが　どうしても手がけて創りたいと　こころから願ったものでした
代表的なバレエ作品には　どれもすてきな物語があり　美しい音楽があり
世界中　いつでも　どこでもかぞえきれないほど多く上演されていますが
いまこの瞬間　だいすきな　たいせつなおどり手たちに　そして
観てくださる方達にも　わたしがもっとも贈りたいとおもう作品を創りたい
みんなのかけがえのないいのちが　きらきらとあらわれ　かがやいてゆく作品
みんながほんとうの自分に出逢うことのできる作品

想像から創造へ
おどることしか考えていなかったわたしが
いつのまにか　生みだしてゆくことに　創りだしてゆくことに
みんなでいのちをふきこんでゆくことに　おおきな意味をみいだしていました

どんなにつたなくても　わたしの愛をあらわしたい

　　　もしも　お花に生まれていたなら
　　　　街のちいさなお花やさんで
　　　　　だれかに選ばれるのを待っているときも
　　　　　だれにも知られず　ひっそりと
　　　　　野原でゆれているときも
　　　　　いつわりなく
　　　　　　きっと　きれいに咲いていられるのに
　　　　　　　せめて　こころがお花のようになれたなら
　　　　　　　　この星とわたしもひとつになれるのかしら

あのとおい春の野原から　ずっと
つながっていたこころのりぼん　花とわたし　おどること

花はゆめをみるかしら　なにを愛するかしら
手折られたその花のほほえみは　こころしずかにいのちを捧げているよう
痛みさえもよろこびに　美しく咲き尽くす花の姿に憧れ
わたしのなかで生きつづける　花への想い
花のように　花のように　花のように

そうしてある日
わたしは　一冊の絵本に出逢いました

♡　　あした花になる　　♡

いつか花になるときをゆめみて
一億年ものときを祈りつづける
マンティスというかまきりの花への想い

ふたつの花への想いが出逢ったその日
あふれる涙とともに　この絵本がバレエになる
もうひとつのゆめが生まれました

Ｌａ　Ｐｒｉｍａｖｅｒａのはじめてのおおきな公演

ゆめをみながら想いをかさね　かさね　ここにしかないものをつくりたい

『　舞台はまだですか？　いつするのですか？　たのしみにしていますね　』
いくどとなく　そんなお言葉をいただきましたが
わたしはじっと　約束のときを待っていました

ラ・プリマヴェーラをはじめた年の秋
元気いっぱいにとびこんできてくれた
美しいいのちがありました

おどることがだいすきで
休むことなく　まいにち　まいにち
いちごのドアからとびこんでくる
彼のきらきらは
いつのまにか　すこしずつおおきく　そしてちからづよく
かがやきはじめていました

どんなときもいちばんに　おどることを優先し
レッスンを積んでゆく彼の姿は
花になるときを信じて祈りつづける
マンティスの姿とかさなりました

おどることがすき
ダンサーになりたい
きらきらをとどけたい

どんなに想いがあっても　それを現実にしてゆくおおきなエネルギーがなければ
ゆめは　ゆめのままで終わってしまいます

彼はいつかきっと　花になる
愛のひかりを奏でるひとになる

　　　　　　　　　　　ちいさな
　　　　　　　　　　　　ひとつのであいから

　　　　　　　　　　　涙こぼれる
　　　　　　　　　　　　ゆめはじまる
　　　　　　　　　　　　愛うまれる

　　　　　　　　　　　　ゆきのようにしろいこころに
　　　　　　　　　　　　キラキラとひかりが舞う

　　　　　　　　　　　　あなたにであえた

その日から3年
わたしもまた　この星に舞い降りたひとりのマンティスとして
くる日もくる日も祈りました

いつか花になるときをゆめみて

絵本作家　いもと　ようこさんに原作の使用の許可もいただくことがかない
千住　明さんの美しい音楽に　はじめからおわりまできらきらをいただき
たくさんのすてきな出逢い　偶然　不思議　奇跡が支えてくれるなか
77名の有志のダンサー　たくさんのスタッフ　そしておおくの方達の愛のおかげで

2005年12月17日　約束の日

マンティスは花になりました

はるかなるときをこえ
みつづけてきたいつか花になるゆめ

それは
わたしであり　あなたである　もうひとりのマンティスが
ほんとうの自分に出愛うとき

花になる
　　　花になる

　　　あなたの想い
　　　　あなたのゆめ

　　　　きっと咲く
　　　　　いつか咲く

　　　　　涙はそのため

　　　　花が舞う
　　　　　花が舞う

　　　　　きよらかに美しく
　　　　　　あなたといういのちを愛し

あなたには　こころから信じることがありますか
　　　　　こころから愛するひとがいますか
　　　　　こころからたいせつにしたいものがありますか

　　ねぇ　みんながたいせつに想うものはなぁに？

　　　　　　　　　　　こころ　　　　地球

　　　　　　　いのち　　　　　　　　　家族

　　　　　　自然　　　　　　　　　　　　ゆめ

　　　　　みんな　　　　　　　　　　　　きらきら

　　　　　からだ　　　　　　　　　　　　おどること

　　　　　元気　　　　　　　　　　　　優しさ

　　　　　笑顔　　　　　　　　　　　空気

　　　　　　花　　　　　　　　　　水

　　　　　　光　　　　　　　　愛

　　　　　　　　　　平和

いのち　ってなにかな？
　　こころ　ってなんだろう？
　　生きる　ってどういうことかな？
　　たいせつにするってどんなことかな？

真剣にみつめるだれもの瞳が　かがやきを取り戻しています

　　みんなはこの星にどうしてきたの？
　　なにをするためにここにいるの？

美しい瞳をのぞきこみながら　こころのキャッチボールは続きます

　　あなたにしかできないことがあるね
　　あなたしかもっていないきらきらがあるね
　　どんなときも忘れずに　このからだいっぱい　想いをいのちをあらわそうね

　　信じてゆこうね
　　愛してゆこうね
　　いのちをたいせつに　この星でいっしょに　いまを生きてゆこうね

　　永遠の絆を信じて

ちいさな野原で
わたしはきょうも祈ります

迷うことなく
惑わされることなく
偽りなく

真なるもの
善なるもの
美なるものをみいだし

天の想いとつながった
愛のひかりを奏でる生きかたを
みんなで選択することができますように

たいせつなのは
　育てること
　　ちいさくても
　　　はかなくても
　　　　たとえ未来がみえなくっても

　　　たいせつなのは
　　　　育んでゆくこと
　　　　　すべてをゆるし
　　　　　すべてを受け入れ
　　　　　　さいごまで　愛しぬくこと

　　　　　　　いつか　きっと　花が咲く
　　　　　　　ほんものの　愛の花

わたしたちのからだには
60兆個という細胞が
未知なる可能性を秘めて存在しているといわれます

みえずとも　こころしずかに
空気や大地　おひさまのひかりに身をゆだね
美しい音楽とともに　時を奏でてゆくうちに

そのひとつひとつが
休むことなくゆたかに息づき　躍動しているのを
たしかに感じることができます

とてもうれしく　ありがたく

ひとつひとつは　きっとひかりのたね

優しさのたね　希望のたね
ゆめのたね　愛のたね

そのすべてが　かわいくて
きれいなお花を咲かせてくれたとしたら

ひとは花
地球いっぱいに咲く花
宇宙いっぱい　きらきらとかがやく花

どんな時代にあっても
このからだにながれている
美しいいのちを　愛を信じ

ここからあふれでる
あなたの　そしてわたしのきらきらが
まぁるくつながって　とけあって
すべてを優しく　つつみこんでゆくことができますように

しあわせはここに

たとえばあなたが
どんなにおおきな苦しみのなかにいたとしても

たとえば
あなたの胸が切り裂かれてしまうとおもえるほどの
かなしみにであったとしても

それはすべて　あなたのなかのひかりのたねが
ちからづよく芽吹くための　天からの贈りもの

あなたという美しいいのちが
深くつよく　愛され
優しくあたたかい慈しみのひかりに抱かれていることを
どうか忘れないで　いつも　いつまでも　どんなときも

きらきらと舞い降りる
ゆきのひとひら

いくつもの冬を越え
かならずめぐりくる
あたらしい春

あなたのちいさなひかりのたねは
約束どおり
あなたのゆめを　あなたの愛を
あなたの花を咲かせるはずです

そのためにわたしたちは出愛ました

あなたのてのひらには
ちいさなひかりのたね

いま
この星はね

花いっぱい
ゆめいっぱい
愛いっぱいになるの

咲かせてゆこうね

この星で
わたしたちのお花は
いつまでも
どこまでも咲きつづけることでしょう
愛と平和を奏でながら

あなたが
そしてわたしが
ここに生きたしるしとして

すみれの花が咲きました
窓のそとは　おおきなばらのつるがうねるほどに　つよい風とはげしい豪雨
そこに１０分いることにも耐えられるかしら　とおもわれるつめたくさむい夜に
ちいさなすみれは咲いています
決して　咲くのをやめようとはせずに

ひたむきなその姿に　一晩中かさを差し　守ってあげたいと
できもしないのに　おもうだけのわたしが窓を一枚はさんだここにいて
次の日の朝も　すみれはつよい雨にうたれていました
一日中　止むこともなく
風は　ちいさなすみれをゆさぶり
雨は　かれんなすみれをたたきつけました

けれど　すみれはとてもしあわせそうに　美しく　かれんに
せいいっぱいのいのちを　そこに咲かせているのです

すみれはなにを想って咲いているのかしら
なにをゆめみてゆれているのかしら

わたしは知りたいとおもいました
この星に生を受けた理由を　いのちの意味を

そして　その美しさがどこからあふれているのか　ただひとつの真実を

雨と風に数日の間　うたれつづけたちいさなすみれは
すこし弱ってみえました

おひさまのひかりが　ようやく　ちいさなすみれを優しくつつみこんだある日
そのとなりにいつのまにか　あたらしいつぼみがあらわれ
翌日には　まるでツインソウルのように
ふたつのすみれは　なかよく寄り添って咲いていました
とてもうれしそうに微笑んで

このまま　ずっといっしょに咲いていられますように

けれどある朝　あたらしいすみれをひとりのこし
ちいさなすみれの姿はどこにもみえなくなっていました
あのはげしい豪雨の日から7日めの朝のことでした

いまもわたしのこころのなかに　あのちいさなすみれは咲いています
雨と風につよく打たれ　たたきつけられながらも
きらきらといのちをかがやかせて咲いています
すみれは　なにをたくして散っていったのかしら

美しいものに出逢ったとき
言葉にできないなにかが　魂をゆさぶり
わたしのなかから　とめどもなく涙がこぼれます
あの美しさを　どうして忘れることなどできるでしょうか

わたしたちは　なぜ　ここにいるのか

奇跡ともおもわれる花や自然の美しさをまえに
わたしは探し求めます
ひととして　わたしたちがあらわすことのできる美しさを

何度も何度もおどりつづけることを問われ　失いかけても
おどることを手放すことができなかったのは
おどることといっしょにいることで
だれの記憶にもとめられないかもしれないけれど
ちいさなちいさな美しさをここに
咲かせることができるようにおもえてならなかったから

すべてのいのちに分け隔てなく　絶えることなくそそがれている天からの愛
わたしたちひともまた　花のように美しく
愛のひかりをあらわすためにここに在る　永遠のいのち

この星に舞い降り　天との約束を果たすべく
どんな困難ななかにあっても　握りしめてきたひかりのたねを花咲かせ
すべてのいのちに宿る神という真実の愛を
すてきな奇跡をあらわしてくださったみなさまとの出愛　感動
その美しい愛のひかりにお導きをいただき　お育ていただき
有り難きしあわせを胸に　いまわたしたちはここにいます

いくつものかなしみをこえ
かさねてきた美への憧憬　そして感謝の想い
だいすきなおどることとともに
拙(つたな)いながらも　奏でつづけた言葉のメロディーが
あたらしい春　美しく優しいひかりにつつまれ
よろこびいっぱいにしあわせいろの花と咲きました
ありがとうのあふれる想いが　いまこうして一冊の本になり
ちいさなひかりのたねとして　あなたのもとへとんでゆきます

あなたに出愛えてうれしい

あなたのゆめ
あなたの願い
あなたしかもっていない　あなたのひかり　あなたの愛を咲かせてください

わたしはおどっています
あなたへの愛が　いつか花になることを信じ

わたしは祈ります
あなたのお花がみたいから

あなたが
この星が永遠に美しくかがやき続けますように

あなたはひかり

　　　　　　　たいせつなあなたへ

　　　　　　ちいさな春の野原から
　　　　　　　どこまでもつづいてゆく愛と感謝をこめて

　　　　　　　世界人類が平和でありますように

　　　　　　　　　　　　La　Primavera
　　　　　　　　　　　　　　宮下　和江

参考文献　すてきな愛のひかりに感謝

「アンズ林のどろぼう」
立原　えりか　講談社文庫「蝶を編む人」

「歩いてゆけなければ」
武者小路　実篤

「愛に生きる」
鈴木　鎮一　講談社現代新書

「地球交響曲ガイアシンフォニー第4番」
龍村　仁

「波動良法で自然治癒力を引き出す」
松本　光平　たま出版

「マザー・テレサ　愛のことば」
マザー・テレサ
いもと　ようこ　絵　女子パウロ会

「タイタニック」
ジェームズ・キャメロン監督　1997年アメリカ映画

「アフリカの夢」
　千住　明　東芝EMI株式会社「アフリカの夢」

「バラへの3つの願い」
ファン・ツィ　　　　　　Sony　Records
西村　朗　編曲　「音楽にできること」二村　英仁

「子守歌」
ギデオン・クライン　　　Sony　Records
「時空をこえて」　二村　英仁

「あした花になる」
いもと　ようこ　　岩崎書店

ちいさな春の野原から
　この本が　みなさんの手のひらにとんでゆけるよう
　　最後まであたたかなひかりでお導きくださいました

　　　明窓出版　　麻生　真澄さん

優しいまなざしで　いまのわたしを撮影してくださった

　　　オーロラ写真家　中垣　哲也さん

　　阿国　よつばさん　　（カバーデザイン）

　　　　ジーイー企画センターさん　　（カバー背景デザイン）

　　　　ムムリク　スオミ　室谷　真澄さん　　（ひかりのたね　イラスト）

　　　　西出　清子さん　　（La Primavera イラスト）

そして　時につよく　時に優しく
　　　　　　　　　　　　キラキラを贈ってくださったみなさんに
　　　　　　　　　　　　こころからの感謝をしるします

La Primavera
ひかりのたねしあわせをはこんで

詩と文　宮下　和江

お問い合わせは

　ひかりのたねオフィス

　　〒064-0803

　　　北海道札幌市中央区南３条西27丁目３-３　カーサオレガノ403号

　　　　　　　　　　　　　　　　　　　　tel & fax 011-555-6357

　　　　　http://www.la.primavera77.jp

　　Ｌａ　Ｐｒｉｍａｖｅｒａ　(ラ・プリマヴェーラ)

　　　〒064-0803

　　　　北海道札幌市中央区南３条西27丁目３-３　カーサオレガノ１Ｆ

　　　　　　　　　　　　　　　　　　　　tel & fax 011-614-0777

　　　　　hikarinotane@la-primavera77.jp

２０１１年１０月１０日　初版発行
　　　　　　発行者　増本利博
　　　　　　発行所　明窓出版株式会社
　　　　　　印刷・製本　シナノ印刷株式会社
　　　　　　2011　© Kazue Miyashita Printed in Japan